诗經今注

高亨注

上

圖書在版編目(CIP)數據

詩經今注 / 高亨注. —上海：上海古籍出版社，2017. 8 (2018.8 重印)
(中國古典文學叢書〔典藏版〕)
ISBN 978-7-5325-8536-6

Ⅰ. ①詩… Ⅱ. ①高… Ⅲ. ①古體詩—詩集—中國—春秋時代②《詩經》—注釋 Ⅳ. ①I222. 2

中國版本圖書館 CIP 數據核字(2017)第 169720 號

中國古典文學叢書〔典藏版〕
詩經今注
高　亨　注
上海古籍出版社有限公司出版
（上海瑞金二路 272 號　郵政編碼 200020）
（1）網址：www. guji. com. cn
（2）E-mail：gujil@guji. com. cn
（3）易文網網址：www. ewen. co
上海世紀出版股份有限公司發行中心發行經銷
浙江新華數碼印務有限公司印刷
開本 890×1240　1/32　印張 22. 75　插頁 10　字數 437,000
2017 年 8 月第 1 版　2018 年 8 月第 2 次印刷
印數 3,101—5,200
ISBN 978-7-5325-8536-6

I・3189　定價：128. 00 元
如有質量問題，請與承印公司聯繫

典藏

1956 十一月一日，古典文學出版社成立

1957 《韓昌黎詩繫年集釋》《人境廬詩草箋注》《稼軒詞編年箋注》（後被列入《中國古典文學叢書》）出版

1958 六月一日，古典文學出版社改組爲中華書局上海編輯所

1977 十二月二十六日，國家出版事業管理局宣佈中華書局上海編輯所獨立爲上海古籍出版社

1978 一月一日，上海古籍出版社宣告成立

1978 《叢書》首批出版《聊齋誌異會校會注會評本》《阮籍集》《李賀詩歌集注》《樊川文集》4 種

2009 《叢書》出版達 100 種

2013 《叢書》入選首屆向全國推薦優秀古籍整理圖書目録

2016 《叢書》出版達 136 種，并推出典藏版

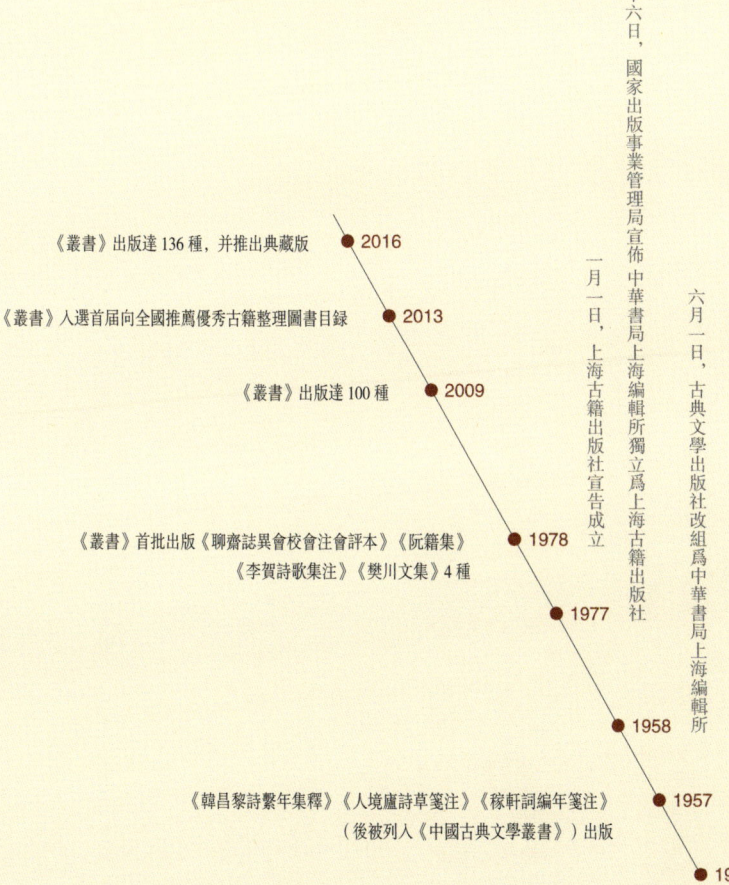

高亨（一九〇〇—一九八六），字晉生。吉林雙陽人。早年師從王國維、梁啓超，先秦文學、文字學、訓詁學专家。

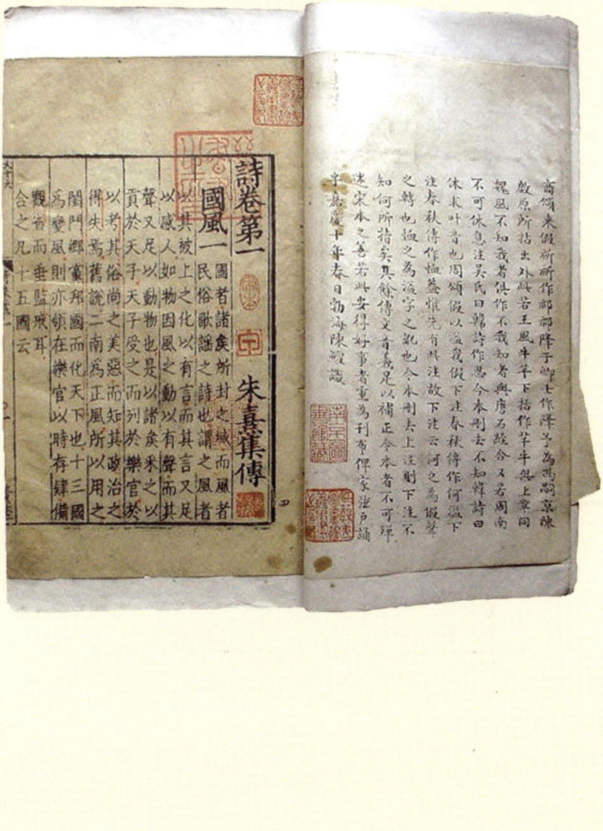

宋刻本《詩集傳》書影

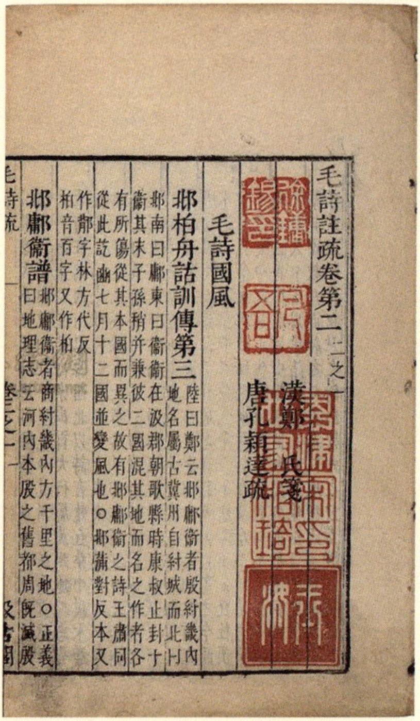
毛詩註疏卷第二　二之一
漢鄭氏箋
唐孔穎達疏
毛詩國風
邶柏舟詁訓傳第三　陸曰鄭云邶鄘衛者殷紂畿内地名屬古冀州自紂城而北曰邶南曰鄘東曰衛衛在汲郡朝歌縣時康叔正封于衛其末子孫稍并兼彼二國混其地而名之作者各有所傷從其本國而異之故有邶鄘衛之詩王肅同從此訖豳七月十二國並變風也○邶蒲對反本又作鄁字林方代反柏音百字又作栢
邶鄘衛譜　邶鄘衛者商紂畿内方千里之地○正義曰地理志云河内本殷之舊都周既滅殷
毛詩疏　卷之二　一　汲古閣

明汲古閣刻本《毛詩注疏》書影

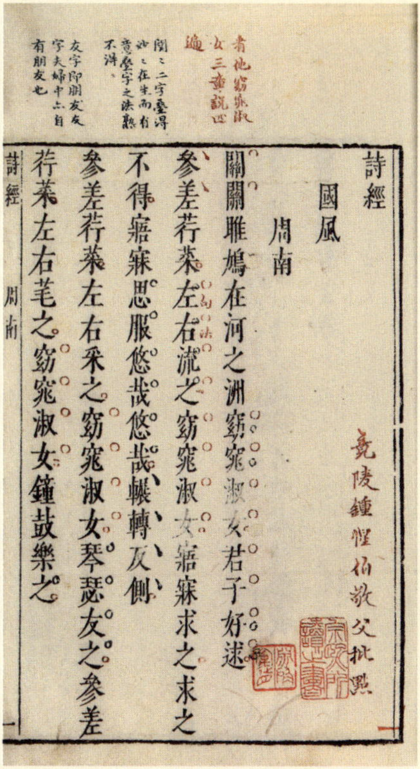
看他窈窕淑女三重說四遍

關關二字臺得妙妙在未而有意叠字之法熟不浮

友字即朋友友字夫婦中亦自有朋友也

詩經

竟陵鍾惺伯敬父批點

國風

周南

關關雎鳩在河之洲窈窕淑女君子好逑

參差荇菜左右流之窈窕淑女寤寐求之

不得寤寐思服悠哉悠哉輾轉反側

參差荇菜左右采之窈窕淑女琴瑟友之參差

荇菜左右芼之窈窕淑女鐘鼓樂之

詩經　周南　一

明泰昌元年閔刻鍾惺評點三色套印本《詩經》

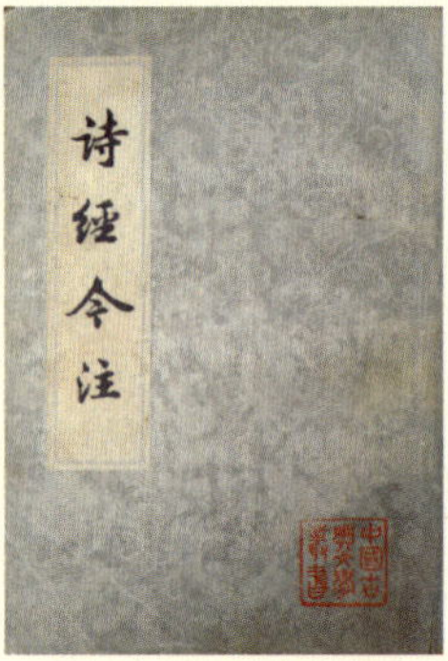

①

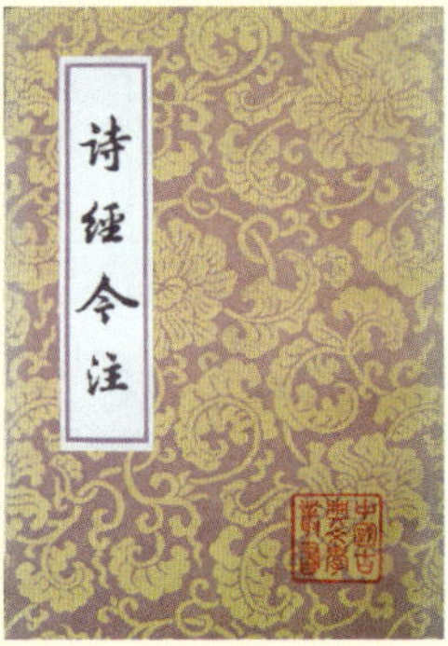

②

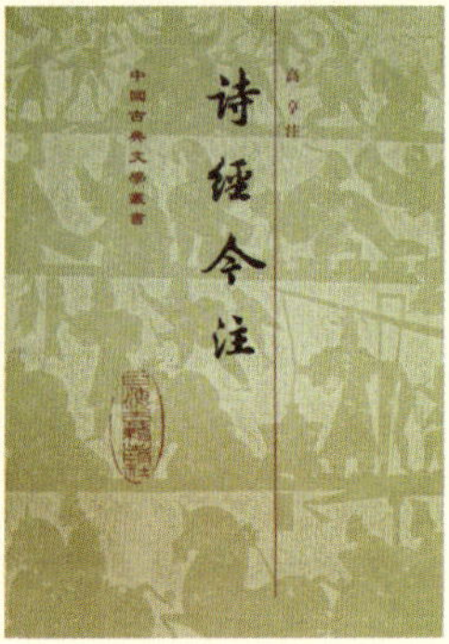

③

本社歷年諸版書影

① 一九八〇年版

② 一九八七年版

③ 二〇〇九年版

前言

我們社會主義的新中國，勤勞勇敢的人民，在黨的英明領導下，正在進行新的長征。際此人人揚鞭躍馬，争攀高峰，向四個現代化進軍的時刻，我們怎能不加倍努力呢!?

我是一個書生，幾十年來，尤其是解放以後，總是争取多作一些研究工作，多貢獻一點極爲微小的力量，已經著有專書十幾種，刊行問世。最近所作《詩經今注》由上海古籍出版社出版，這又使我得到鼓勵，爲之欣舞。

《詩經》是我國最早的一部詩歌總集，前人的注釋很多，其中有些是正確的，有些是錯誤的。我讀古書，從不迷信古人，盲從舊説，而敢于追求真諦，創立新義，力求出言有據，避免遊談無根。這本《詩經今注》就是抱着這種態度而寫成的。

例如《周南·麟之趾》:

麟之趾，振振公子，于嗟麟兮!

麟之定，振振公姓，于嗟麟兮！
麟之角，振振公族，于嗟麟兮！

舊注說，這首詩是贊美魯國的公族，把公族比作麒麟。請看，詩人描寫麒麟的足、頂和角，又描寫成羣的公族，最後則爲麒麟而悲歎（于嗟）。這是贊美公族嗎？當然不是。據《左傳》記載：「（魯）哀公十四年春，西狩於大野，叔孫氏之車子鉏商獲麟，以爲不祥……仲尼觀之曰：『麟也。』」又據《孔叢子》記載，孔子當時曾作了一首《獲麟歌》：「唐虞之世麟鳳游，今非其時來何由？麟兮麟兮我心憂。」（《公羊傳·哀公十四年》楊士勛疏引）我認爲這首七言三句詩是後人僞作，《麟之趾》一詩才是孔子所作的《獲麟歌》，被後代儒者編入《詩經·周南》之中。《公羊傳·哀公十四年》中說孔子看到魯人打死的麒麟，「反袂拭面，涕沾袍」。此詩則反復悲歎，兩者的意味是相合的。

總之，我注《詩經》是依循它的本文，探求它的原意。但錯誤也在所不免，希望讀者予以指正！

高亨

一九八〇年四月寫於北京

詩經簡述

一　詩經的來歷

《詩經》共三百零五篇，簡稱「三百篇」，是我國第一部詩集，周代前段五百多年間的詩歌選録。它的來歷據西漢人説，是古代帝王爲了考察風俗的好壞，政治的得失，設有采詩的官，把采來的詩篇獻給樂官大師，大師再獻給天子。這種説法顯然是有意爲封建統治者吹噓，因爲先秦古書並没有記載過采詩的官和采詩的事，所以周代是否有這種制度，還不能論定。但漢人所説那時的詩篇最初都集中在樂官手裏，却是事實，有兩個證據可以説明這一點：第一，詩三百篇都是樂歌，所以《墨子》説「誦詩三百，絃詩三百，歌詩三百，舞詩三百」（《公孟篇》）。樂歌原來是供統治階級娱樂的東西，樂官正是掌管詩歌、音樂、舞蹈，給統治者們服務的人，那末樂歌和樂官在當時是分不開的，編輯樂歌的人就應該是樂官了（樂官編輯之後，才轉爲統治階級的教育課本)。第二,據《左傳·襄公二十一年》記載:「吴公子札來聘,請觀於周樂,使工爲之歌《周南》、《召南》、《邶》、《鄘》、《衛》、《王》、《鄭》、《齊》、《豳》、《秦》、《魏》、《唐》、《陳》、《鄶》、《小雅》、《大雅》、《頌》。」所謂周樂,差不多包括了今本《詩經》全部(只有《魯頌》、《商頌》不在内),這些詩是魯國樂工所歌,而稱做「周樂」,那末編輯者應該是周王朝的樂官了。

周王朝的樂官所以能够得到這些詩歌,大約有三個來源:第一,王朝的貴族爲了充實音樂,爲了祭祀鬼神,爲了誇耀功業或别種目的,作成詩歌,交給樂官。《周頌》裏應該有些詩篇是出於這個來源。第二,王朝樂官爲了給貴族服務,盡到他的責任,留心搜集流傳在民間的或出於士大夫之手的詩歌(並不是專職的采訪)。《小雅》、《大雅》及《王風》裏應該有些詩篇是出於這個來源。第三,諸侯各有樂官,掌管本國的樂歌,諸侯爲了尊重王朝,交換音樂,派人把樂歌獻給王朝。《王風》外的十四國風及《魯頌》、《商頌》裏應該有些詩篇出於這個來源。《國語·魯語》説:「昔正考父校(校當讀爲效,獻上之意)商之名頌十二篇於周太師……」便是例證。

通過上述的三個來源,周王朝樂官掌握了不少詩歌,並隨時增加,隨時編選,經過五百多年,樂官們才完成了這部書的編輯工作。所以我們説《詩經》是周王朝各個時期的樂官所編輯。

到了春秋末期,孔子把《詩經》加以重訂,做爲他教育學生的課本。他説:「吾自衛返魯,然後樂正,雅頌各得其所。」(《論語·子罕篇》)可見《詩經》是經過孔子重訂的。

《詩經》這部書,原來當有三百二十篇左右,不幸遭到秦始皇的焚燒,禁止學習,到西漢初年，還剩下了三百零五篇。

西漢時期傳《詩經》的有四家：魯人申培所傳的通稱「魯詩」，齊人轅固所傳的通稱「齊詩」，燕人韓嬰所傳的通稱「韓詩」，魯人毛亨所傳的通稱「毛詩」。魯、齊、韓合成一個宗派，他們的傳本經文都用漢代通行的隸書寫成，所以叫作「今文詩」。毛自成一個宗派，據説他的傳本經文原用先秦古文寫成的，所以叫作「古文詩」。四家經文小有不同，解説多有歧異，今文家和古文家歧異更甚。齊詩亡於曹魏，魯詩亡於晉朝的東渡，韓詩亡於宋朝的南渡（只有《韓詩外傳》尚存），現在《詩經》只有毛亨所傳的一種本子了。

二 詩經的分類——風、雅、頌

《詩經》原來分爲三類，就是風、雅、頌。

風包括《周南》、《召南》、《邶》、《鄘》、《衛》、《王》、《鄭》、《齊》、《魏》、《唐》、《秦》、《陳》、《檜》、《曹》、《豳》十五國（實際《周南》、《召南》不是兩國的詩歌），合稱十五國風，共一百六十篇，多數是民間歌謡。宋代王質（《詩總聞》）、程大昌（《詩議》），清代顧炎武（《日知録》），近代梁啓超（《釋四詩名義》）等人認爲南也是《詩》的一類，應該從風中劃出，就把《詩經》分爲南、風、雅、頌四類。這種説法是不對的。第一，二《南》的主要部分也是民間歌謡，和其餘十三國風性質相同。第二，《左傳·隱公三年》：「風有《采蘩》、《采蘋》。」《采蘩》、《采蘋》都是《召南》的一篇，可見《左傳》作者認爲《周南》、《召南》屬於風。《周禮·大師》、《禮記·樂記》、《荀子·儒效》論《詩》，都是風、雅、頌三類並舉，而不及南。可見《周禮》作者、《樂記》作者和荀卿都認爲《詩經》只有風、雅、頌三類，南屬於風，不是自爲一類。先秦人對於三百篇的類別，不致弄錯。因此，我們説二《南》也是風詩。風本是樂曲的通名。《大雅·崧高篇》：「吉甫作誦，其詩孔碩，其風肆好。」其風是説《崧高》詩的曲調。《左傳·成公九年》：「樂操土風。」土風就是本土的曲調。《左傳·襄公十八年》：「吾驟歌北風，又歌南風，南風不競，多死聲。」北風就是北方的曲調，南風就是南方的曲調。《山海經·大荒西經》：「太子長琴……始作樂風。」《海内經》：「鼓延是始爲鐘，爲樂風。」樂風就是樂曲。由上述五個例證看來，風本是樂曲的通名了。樂曲爲什麼叫作風呢？主要原因是風的聲音有高低、大小、清濁、曲直種種的不同，樂曲的音調也有高低、大小、清濁、曲直種種的不同，樂曲有似於風，所以古人稱樂爲風。同時樂曲的内容和形式，一般是風俗的反映，所以樂曲稱風與風俗的風也是有聯繫的。由此看來，所謂國風就是各國的樂曲，《衛風》就是衛國的樂曲，《曹風》就是曹國的樂曲，餘可類推。在這裏應該指出：風一方面是樂曲的通名，一方面又是風詩的專名，正如「書」一方面是書籍的通名，一方面又是《尚書》的專名；「詩」一方面是詩歌的通名，一方面又是《詩經》的專名。（先秦時代《尚書》只稱爲《書》，《詩經》只稱爲《詩》。）名詞含義的演變常有這種現象。

雅有《小雅》、《大雅》，合稱二《雅》，共一百零五篇，都是西周王朝直接統治地域——「王畿」的詩歌，多數爲朝廷官吏（公卿大夫士）的作品。雅是借爲夏字，《小雅》、《大雅》就是《小夏》、《大夏》。因爲西周王畿，周人也稱爲夏，所以《詩經》的編輯者用夏字來標西周王畿的詩。這個説法是有根據的：第一，雅夏二字古通用，《墨子·天志下》引《詩經》《大雅》作《大夏》，足證古本《詩經》，《小雅》《大雅》也作《小夏》《大夏》。第二，二《雅》都是西周王畿的詩，這從詩篇的整個内容來看，是可以肯定的。（只有《小雅·大東》等似是東周域内人所作。）春秋時人引《小雅》詩句，曾稱爲「周詩」，（見《國語》中《晉語》、《楚語》）引《大雅》詩句，也曾稱爲「周詩」。（見《左傳·襄公三十一年》、《國語·楚語》）所謂「周詩」，就是西周王畿的詩。至於東周王畿的詩則是《王風》了。而西周王畿，周人也稱爲「夏」，（見《尚書》中《康誥》、《立政》）這個地域後歸秦國所有，從而這個地域的詩篇就是《秦風》了。春秋時人尚稱《秦風》爲「夏聲」。（見《左傳·襄公二十九年》）由此可見，雅是借爲夏字，夏是西周王畿的舊稱，《詩經》的編輯者用夏字標明這部分詩篇産生的地域。第三，《詩經》三百篇都是以地域分編，用地域名稱加標題的。十五國風的十五國（《王風》的王代表東周王朝的統治區），《周頌》、《魯頌》、《商頌》的周、魯、商，都是代表地域，可見二雅的雅也是代表地域，即借爲夏字。如果不是這樣，二雅是哪個地域的詩歌就表示不出來了。雅詩爲什麼有小大的區别呢？古説都不圓通，現在還得不出確解。

頌有《周頌》、《魯頌》、《商頌》，合稱三頌，共四十篇。大體是西周和魯國、宋國的最高統治者用於祭祀或其它重大典禮的樂歌。這類詩爲什麽叫作頌呢？頌就是歌頌之頌，贊美之意。三頌的詩，其中心内容是贊美在位的周王、魯侯、宋公或其祖先的功德，其專用範圍限於周王、魯侯、宋公舉行祭祀或其它重大典禮，所以叫作頌。這是頌詩兩個基本條件，至於風詩、雅詩中也有贊美王與公侯或其祖先的詩篇，適合前一條件，但不適合後一條件，所以不列入頌詩。

總之，風雅頌的區别：風是民間歌謡，但也有些例外；雅是朝廷官吏的作品，而《小雅》又有些民間歌謡；頌是王侯舉行祭祀或其它重大典禮專用的樂歌。三者的界限並不嚴格。這是詩三百篇在歷史上的分類，我們現在研究《詩經》，應該從它們的思想内容去分類，不必拘守風、雅、頌了。

三　詩三百篇的地域和時代

《詩經》原來是按照三百篇的産生地域分編，共計周南、召南、邶、鄘、衛、王（東周）、鄭、齊、魏、唐、秦、陳、檜、曹、豳、雅（即夏，西周）、魯、宋十八個地域，所以從地域上劃分，比較容易；但有没有錯編地域的詩篇，則不可知。

三百篇的産生時代，是由西周初期到春秋末期，共約五百多年（公元前一零六六年至前五四一年前後）。但是某篇作於周代哪個王朝，絶大多數無從考定，甚至哪幾篇是西周作品或東周作品，也無根據可資論斷。所以從時代上劃分，比較困難，只能勾出一個輪廓而已。

現在把三百篇的地域和時代結合在一起，做個扼要的敘述。

（一）十五國風

《周南》、《召南》　《周南》詩十一篇，《召南》詩十四篇，都是南方的作品。西周初期，周公姬旦長住東都洛邑，統治東方諸侯；召公姬奭長住西都鎬京，統治西方諸侯，由陝（今河南陝縣）分界。這個統治區的劃分，大概相沿很久。周南當是在周公統治下的南方地域，召南當是在召公統治下的南方地域。根據二《南》詩，《周南・汝墳》：「遵彼汝墳。」《漢廣》：「漢之廣矣，不可泳思！江之永矣，不可方思！」可見周南疆域北到汝水，南到江漢合流即武漢地帶。《召南・江有汜》：「江有汜。」「江有渚。」「江有沱。」可見召南南到武漢以上長江流域的地帶。二南的地域應該包括當時一些國家，如楚、申、呂，隨等都在其內。二南詩中有東周作品，也可能有西周作品。

《邶》、《鄘》、《衛》　共詩三十九篇，在春秋時代便已混在一起，今本《詩經》，《邶》十九篇，《鄘》十篇，《衛》十篇，是漢人隨意分的。春秋時人認爲《邶》、《鄘》、《衛》都是衛國的詩，《左傳・襄公二十九年》：「吴公子札來聘，請觀於周樂……使工……爲之歌《邶》、《鄘》、《衛》。曰：『是其衛風乎。』」《左傳・襄公三十一年》衛北宫文子引《邶風》稱爲「衛詩」，就是明證。衛國疆土在今河北南部及河南北部。西周初年，成王封他的叔父姬封於衛，都朝歌（即今河南淇縣東北的朝歌城)。春秋時衛文公遷楚丘(在今河南滑縣東),衛成公又遷帝丘(即今河南濮陽縣西南的顓頊城)。舊説邶在朝歌北(今河南湯陰縣東南的邶城鎮即古代邶城),鄘在朝歌南(今河南新鄉縣西南的鄘城即古代鄘城),都屬於衛。(王國維説:邶即燕,鄘即奄,奄即魯。)《邶》、《鄘》、《衛》多數是東周作品。

《王》 詩十篇,東周王國境内的作品。東周疆土在今河南北部。周平王東遷洛邑(也稱王城,在今河南洛陽西五里),名義上還是中國的王,實際上也受到諸侯的一定尊敬,所以稱此地帶的詩爲《王風》。《王風》都是東周作品。

《鄭》 詩二十一篇。鄭國疆土在今河南中部。西周宣王時封他的弟弟姬友於鄭(此鄭在今陝西華縣西北),姬友即鄭桓公。幽王末年,桓公做王朝司徒,從虢、鄶二國取得十個邑,把他的家屬和一部分人民遷到那裏去。犬戎侵略西周,殺死幽王和桓公,桓公的兒子武公建國於東方,仍稱鄭(都城即今河南新鄭縣)。《鄭風》是武公建國以後的詩,都是東周作品。

《齊》 詩十一篇。齊國疆土在今山東東北部和中部。周武王封他的大臣吕望(姜太公)於齊,都營丘(即今山東臨淄縣),胡公遷薄姑(即今山東博興縣東北薄姑城),獻公又遷回營丘,改稱臨淄。(都是西周時事。)《齊風》中《南山》、《敝笱》、《載驅》、《猗嗟》四篇都是東周作品,其餘不詳。

《魏》 詩七篇。魏國疆土在今山西西南部。國君姓姬,始受封者不知爲誰(都城在今山西芮城縣東北）。東周惠王十六年（公元前六六一年）被晉國所滅。《魏風》都是此年以前的作品。

《唐》 詩十二篇。唐國即晉國，疆土在今山西中部。周成王封他的弟弟姬叔虞於唐（都城在今山西翼城縣南）。境内有晉水，所以後來改稱晉。春秋時武公遷曲沃（即今山西聞喜縣），獻公遷絳（在今山西新絳縣北），景公遷新田（在今山西曲沃縣西南）。《唐風》可能都是東周作品。

《秦》 詩十篇。東周前期（戰國以前），秦國疆土在今陝西中部。國君姓嬴，西周孝王封他的臣非子於秦（即今甘肅天水縣的故秦城），疆土逐漸擴展，莊公遷犬丘（即今陝西興平縣東南的槐里城），襄公遷汧（即今陝西隴縣的汧城）。周幽王時犬戎侵略西周，平王東遷，秦人趕走犬戎，西周王畿及豳地等都逐漸歸秦所有。文公遷郿（即今陝西郿縣東北的故郿城），寧公遷平陽（在今陝西郿縣西），德公遷雍（即今陝西鳳翔縣）。《秦風》多數甚至全部是東周作品。

《陳》 詩十篇。陳國疆土在今河南東南部及安徽北部。周武王封舜的後人嬀滿於陳，都宛丘（即今河南淮陽縣）。東周敬王四十一年即春秋最後的一年（公元前四八一年），被楚國所滅。《陳風》中有東周作品，也可能有西周作品。

《檜》 詩四篇。檜（也作鄶）國疆土在今河南中部（都城在今河南密縣東北五十里）。國君姓妘，相傳是帝顓頊的後代。始受西周王朝的封爵者不知是誰。東周初年被鄭武公所滅。《檜風》都是西周作品。

《曹》 詩四篇。曹國疆土在今山東西南部。周武王封他的弟弟姬振鐸於曹，都定陶（在山東定陶縣西北四里）。東周敬王三十三年（公元前四八九年）被宋國所滅。《曹風》中《蜉蝣》、《候人》兩篇都是東周作品，餘二篇不詳。

《豳》 詩七篇。豳（也作邠）國疆土在今陝西栒邑縣、邠縣一帶。周王祖先公劉始遷於豳（都城在今陝西栒邑縣西邠縣北）。西周時代豳國封給什麽人，無可考。西周亡後，此地歸秦所有。《豳風》都是西周作品。

（二）二雅

《小雅》、《大雅》 《小雅》七十四篇，《大雅》三十一篇。上文已經説過：雅借爲夏，夏是西周王畿的古名，二《雅》都是西周王畿的詩；但也有極少數例外，如《小雅·大東》、《都人士》等似是東都人作品。西周王畿在今陝西中部。周始祖后稷都邰（在今陝西武功縣西南），公劉遷豳，太王亶父遷岐（在今陝西岐山縣），文王遷豐（在今陝西鄠縣東），自武王至幽王均都於鎬京（在今陝西西安西南）。幽王時犬戎侵略西周，殺死幽王，平王東遷。秦國趕走犬戎，西周王畿岐以西先歸秦國所有，岐以東後歸秦國所有。所以二《雅》是西周時代作品，但也有幽王死後、岐東（包括鎬京）歸秦所有以前的作品。

（三）三頌

《周頌》 詩三十一篇。都是西周時代王朝的作品，從它們的内容和藝術性觀察，多數是昭王、穆王以前的詩篇。

《魯頌》詩四篇。魯國疆土在今山東東南部。周成王封周公兒子姬伯禽於魯(都城即今山東曲阜)。《魯頌》中《泮水》、《閟宫》兩篇作於魯僖公晚年,即春秋中期作品。(僖公死於周襄王二十五年即公元前六二六年)《駉》、《有駜》兩篇,舊説也是作於此時。

《商頌》詩五篇。這不是商代的作品,而是周代宋國的作品。宋國疆土在今河南東部及江蘇西北部。國君姓子,周成王封殷紂王的哥哥微子啓於宋(都城在今河南商邱縣南)。宋國是商湯的舊地,也稱爲商,宋君又是商王的後代,所以宋詩稱爲《商頌》。原有十二篇,亡掉七篇,只剩下五篇。《國語·魯語》:「閔馬父曰:『昔正考父校商之名頌十二篇於周大師,以《那》爲首。』」可見《商頌》作於正考父死前。正考父死年不詳。《左傳·昭公七年》:「及正考父佐戴、武、宣,三命兹益恭。」宋宣公死於周平王四十二年,平王四十九年是春秋的第一年。足以證明《商頌》五篇都是春秋以前(公元前七二一年以前)的作品。

目録

前言
詩經簡述
十五國風（一百六十篇）
周南（十一篇）
關雎（一）　葛覃（三）
卷耳（六）　樛木（八）
螽斯（九）　桃夭（一〇）
兔罝（一一）　芣苢（一二）
漢廣（一四）　汝墳（一五）
麟之趾（一七）
召南（十四篇）
鵲巢（一九）　采蘩（二〇）
草蟲（二二）　采蘋（二三）
甘棠（二五）　行露（二六）
羔羊（二九）　殷其靁（三一）
摽有梅（三三）　小星（三五）
江有汜（三六）　野有死麕（三七）
何彼襛矣（三八）　騶虞（四〇）
邶（十九篇）
柏舟（四一）　緑衣（四四）
燕燕（四五）　日月（四七）

終風（四九）　擊鼓（五〇）
凱風（五三）　雄雉（五四）
匏有苦葉（五六）　谷風（五九）
式微（六四）　旄丘（六五）
簡兮（六七）　泉水（六九）
北門（七二）　北風（七三）
靜女（七五）　新臺（七六）
二子乘舟（七八）
鄘（十篇）
柏舟（七九）　牆有茨（八一）
君子偕老（八二）　桑中（八五）
鶉之奔奔（八七）　定之方中（八八）
蝃蝀（九〇）　相鼠（九二）
干旄（九三）　載馳（九五）
衛（十篇）
淇奧（九八）　考槃（一〇〇）
碩人（一〇一）　氓（一〇四）
竹竿（一〇九）　芄蘭（一一一）
河廣（一一二）　伯兮（一一三）
有狐（一一五）　木瓜（一一七）
王（十篇）
黍離（一一八）　君子于役（一二〇）
君子陽陽（一二一）　揚之水（一二二）
中谷有蓷（一二四）　兔爰（一二五）
葛藟（一二七）　采葛（一二八）
大車（一二九）　丘中有麻（一三一）
鄭（二十一篇）
緇衣（一三二）　將仲子（一三三）
叔于田（一三五）　大叔于田（一三六）
清人（一三九）　羔裘（一四〇）
遵大路（一四二）　女曰雞鳴（一四三）
有女同車（一四五）　山有扶蘇（一四六）
蘀兮（一四七）　狡童（一四八）
褰裳（一四九）　丰（一五〇）

東門之墠（一五一）　風雨（一五二）
子衿（一五三）　揚之水（一五五）
出其東門（一五六）　野有蔓草（一五七）
溱洧（一五八）
齊（十一篇）
雞鳴（一六〇）　還（一六一）
著（一六二）　東方之日（一六三）
東方未明（一六四）　南山（一六六）
甫田（一六八）　盧令（一七〇）
敝笱（一七一）　載驅（一七二）
猗嗟（一七四）
魏（七篇）
葛屨（一七六）　汾沮洳（一七八）
園有桃（一八〇）　陟岵（一八一）
十畝之間（一八三）　伐檀（一八三）
碩鼠（一八五）
唐（十二篇）
蟋蟀（一八八）　山有樞（一九〇）
揚之水（一九二）　椒聊（一九三）
綢繆（一九四）　杕杜（一九六）
羔裘（一九七）　鴇羽（一九八）
無衣（二〇〇）　有杕之杜（二〇一）
葛生（二〇二）　采苓（二〇三）
秦（十篇）
車鄰（二〇五）　駟驖（二〇六）
小戎（二〇八）　蒹葭（二一一）
終南（二一三）　黄鳥（二一四）
晨風（二一六）　無衣（二一七）
渭陽（二一九）　權輿（二二〇）
陳（十篇）
宛丘（二二一）　東門之枌（二二二）
衡門（二二四）　東門之池（二二五）
東門之楊（二二六）　墓門（二二七）
防有鵲巢（二二八）　月出（二三〇）
株林（二三二）　澤陂（二三四）

檜（四篇）
羔裘（二三五） 素冠（二三六）
隰有萇楚（二三八） 匪風（二三九）
曹（四篇）
蜉蝣（二四一） 候人（二四二）
鳲鳩（二四四） 下泉（二四六）
豳（七篇）
七月（二四八） 鴟鴞（二五七）
東山（二六〇） 破斧（二六三）
伐柯（二六五） 九罭（二六六）
狼跋（二六八）
小雅（七十四篇）
鹿鳴之什（十篇）
鹿鳴（二七一） 四牡（二七三）
皇皇者華（二七五） 常棣（二七七）
伐木（二八〇） 天保（二八三）
采薇（二八六） 出車（二九〇）
杕杜（二九四） 魚麗（二九六）
南有嘉魚之什（十篇）
南有嘉魚（二九八） 南山有臺（三〇〇）
蓼蕭（三〇一） 湛露（三〇三）
彤弓（三〇五） 菁菁者莪（三〇六）
六月（三〇八） 采芑（三一二）
車攻（三一六） 吉日（三一九）
鴻鴈之什（十篇）
鴻鴈（三二二） 庭燎（三二四）
沔水（三二五） 鶴鳴（三二七）
祈父（三二八） 白駒（三三〇）
黃鳥（三三二） 我行其野（三三四）
斯干（三三五） 無羊（三四〇）
節南山之什（十篇）
節南山（三四三） 正月（三四九）
十月之交（三五七） 雨無正（三六三）
小旻（三六八） 小宛（三七二）

小弁（三七五）　巧言（三八〇）
何人斯（三八四）　巷伯（三八八）
谷風之什（十篇）
谷風（三九一）　蓼莪（三九二）
大東（三九五）　四月（四〇一）
北山（四〇四）　無將大車（四〇七）
小明（四〇八）　鼓鍾（四一一）
楚茨（四一二）　信南山（四一八）
甫田之什（十篇）
甫田（四二二）　大田（四二五）
瞻彼洛矣（四二九）　裳裳者華（四三〇）
桑扈（四三二）　鴛鴦（四三四）
頍弁（四三六）　車舝（四三八）
青蠅（四四一）　賓之初筵（四四二）
魚藻之什（十四篇）
魚藻（四四八）　采菽（四四九）
角弓（四五三）　菀柳（四五七）
都人士（四五八）　采緑（四六一）
黍苗（四六三）　隰桑（四六五）
白華（四六六）　緜蠻（四六九）
瓠葉（四七一）　漸漸之石（四七二）
苕之華（四七四）　何草不黄（四七五）
大雅（三十一篇）
文王之什（十篇）
文王（四七七）　大明（四八二）
緜（四八七）　棫樸（四九四）
旱麓（四九七）　思齊（四九九）
皇矣（五〇二）　靈臺（五一一）
下武（五一三）　文王有聲（五一五）
生民之什（十篇）
生民（五一九）　行葦（五二六）
既醉（五三〇）　鳧鷖（五三三）
假樂（五三五）　公劉（五三八）
泂酌（五四三）　卷阿（五四五）

民勞（五四九） 板（五五二）

蕩之什（十一篇）

蕩（五五九） 抑（五六四）
桑柔（五七二） 雲漢（五八三）
崧高（五八九） 烝民（五九四）
韓奕（五九九） 江漢（六〇六）
常武（六一一） 瞻卬（六一五）
召旻（六二〇）

周頌（三十一篇）

清廟之什（十篇）

清廟（六二五） 維天之命（六二六）
維清（六二七） 烈文（六二八）
天作（六三〇） 昊天有成命（六三一）
我將（六三二） 時邁（六三三）
執競（六三五） 思文（六三六）

臣工之什（十篇）

臣工（六三八） 噫嘻（六四〇）
振鷺（六四一） 豐年（六四二）
有瞽（六四三） 潛（六四五）
雝（六四六） 載見（六四七）
有客（六四九） 武（六五〇）

閔予小子之什（十一篇）

閔予小子（六五一） 訪落（六五三）
敬之（六五四） 小毖（六五五）
載芟（六五六） 良耜（六五九）
絲衣（六六一） 酌（六六二）
桓（六六四） 賚（六六五）
般（六六六）

魯頌（四篇）

駉（六六九） 有駜（六七二）
泮水（六七四） 閟宮（六八〇）

商頌（五篇）

那（六九一） 烈祖（六九三）
玄鳥（六九五） 長發（六九七）
殷武（七〇二）

十五國風

周南

關雎

這首詩歌唱一個貴族愛上一個美麗的姑娘，最後和她結了婚。

一

關關雎鳩〔一〕，在河之洲〔二〕。窈窕淑女〔三〕，君子好逑〔四〕。

二

參差荇菜〔五〕，左右流之〔六〕。窈窕淑女，寤寐求之〔七〕。

三

求之不得，寤寐思服〔八〕。悠哉悠哉〔九〕，輾轉反側〔一〇〕。

四

參差荇菜，左右采之。窈窕淑女，琴瑟友之〔一二〕。

五

參差荇菜，左右芼之〔一三〕。窈窕淑女，鍾鼓樂之。

【注】

〔一〕關關，鳥鳴聲。雎（jū居）鳩，一種水鳥名，即魚鷹，雌雄有固定的配偶，古人稱爲貞鳥。

〔二〕洲，水中沙灘。

〔三〕窈窕，容貌美好貌。淑，品德善良。

〔四〕君子，《詩經》中的君子都是統治階級人物的通稱。逑，配偶。好逑，猶今言佳偶。

〔五〕參差，長短不齊貌。荇（xìng杏）菜，一種水草，可食。

〔六〕流，擇取。

〔七〕寤，醒着。寐，睡着。

〔八〕服，思念。

〔九〕悠，憂思貌。

〔一〇〕輾轉，形容心有所思，臥不安席的樣子。反，翻身。側，側身。

〔一一〕友，親愛。

〔一二〕芼（mào冒），拔也。流之、采之、芼之意有別。

【附録】

注〔一〕雎鳩，邵晉涵説：「雎鳩即今之魚鷹，其色蒼黑。」（見《爾雅正義》）

注〔六〕流，《爾雅・釋詁》：「流，擇也。」荇菜有好有差，所以先選而後采。

注〔一二〕芼，林義光《詩經通解》：「《爾雅・釋言》：『芼，搴也。』」搴即攓字。《説文》：「攓，拔取也。」

葛　覃

這首詩反映了貴族家中的女奴們給貴族割葛、煮葛、織布及告假洗衣回家等一段生活情況。

一

葛之覃兮〔一〕，施于中谷〔二〕，維葉萋萋〔三〕。黃鳥于飛〔四〕，集于灌木〔五〕，其鳴喈喈〔六〕。

二

葛之覃兮，施于中谷，維葉莫莫〔七〕。是刈是濩〔八〕，爲絺爲綌〔九〕，服之無斁〔一〇〕。

三

言告師氏〔一一〕，言告言歸〔一二〕。薄汙我私〔一三〕，薄澣我衣〔一四〕。害澣害否〔一五〕，歸寧父母〔一六〕。

【注】

〔一〕葛，一種藤本植物，用葛皮纖維織的布，現在還叫作葛布。覃，當讀爲藤，蔓也。舊説：覃，長也。

〔二〕施（yì易），延也。中谷，即谷中。

〔三〕維，發語詞。萋萋，茂盛貌。

〔四〕黄鳥，即黄雀，身小，色黄。于，在也。

〔五〕灌木，叢木。

〔六〕喈（jiē皆）喈，鳥鳴聲。

〔七〕莫莫，茂密貌。

〔八〕是，乃也。刈（yì義），割。濩（huò獲），煮。

〔九〕絺（chī痴），細葛布。綌（xì隙），粗葛布。

〔一〇〕斁（yì譯），厭惡。

〔一一〕言，讀爲焉，連詞，於是也。師氏，貴族家中管教女奴的管家婆。
〔一二〕歸，回自己家裏去。
〔一三〕薄，急急忙忙。汙，泡在水裏。私，疑借爲菥（sī私），白茅的穗名菥，潔白柔滑，用它洗衣可以去油垢，與皂角的作用相同。舊説：汙，洗也。私，褻衣，內衣。
〔一四〕澣（huǎn緩），洗。
〔一五〕害，通曷，何也。此句言那件要洗，那件不洗。
〔一六〕寧，問安。婦女回父母家問安叫作歸寧。

【附録】

注〔一一〕言，《詩經》中言字有很多應讀爲焉。言與焉古通用。《小雅·大東》：「睠言顧之。」《荀子·宥坐》引言作焉，就是明證。

注〔一三〕薄，《詩經》中有些薄字與今語忙同意，此處也是（另有專文考證）。汙，當是浸在水裏，與漚字同意。《説文》：「漚，久漬也。」《陳風·東門之池》：「可以漚麻。」「可以漚紵。」「可以漚菅。」正是此意。汙與漚當是方言的不同，一音的轉變。《説文》：「邘讀若區。」便是亏字聲系和區字聲系彼此相轉的例證。私，當是借爲菥字，《説文》：「菥，茅秀也，从艸，私聲。」《廣雅·釋草》：「菥，茅穗也。」菥是白茅的穗子。薄汙我私就是薄漚我菥，是説急急忙忙地用水浸上我的茅穗，以備洗衣之用。

卷耳

這首詩的主題不易理解，作者似乎是個在外服役的小官吏，敍寫他坐着車子，走着艱阻的山路，懷念着家中的妻子。

一

采采卷耳〔一〕，不盈頃筐〔二〕。嗟我懷人〔三〕，寘彼周行〔四〕。

二

陟彼崔嵬〔五〕，我馬虺隤〔六〕。我姑酌彼金罍〔七〕，維以不永懷〔八〕。

三

陟彼高岡〔九〕，我馬玄黃〔一〇〕。我姑酌彼兕觥〔一一〕，維以不永傷。

四

陟彼砠矣〔一二〕，我馬瘏矣〔一三〕，我僕痡矣〔一四〕，云何吁矣〔一五〕！

【注】

〔一〕采采，采了又采。卷耳，野菜名。

〔二〕盈，滿也。頃筐，斜口的筐，前低後高。此二句是作者想象他的妻在采卷耳。

〔三〕嗟，歎息聲。懷，思念。

〔四〕寘（zhì 置）借爲徥（chí 匙），行也。周行，往周國去的大道。此句是作者自言在周道上奔走。

〔五〕陟（zhì 至），登高。崔嵬，山巔，山頂。

〔六〕虺隤（huǐ-tuí 毁頹），足病跛躄。

〔七〕酌，用勺舀酒。罍，盛酒器，形似酒罈，大肚小口。金罍即銅罍。

〔八〕維，發語詞。

〔九〕岡，即崗字，山脊。

〔一〇〕玄黄，馬病。

〔一一〕兕觥（sì-gōng 寺肱），飲酒器，形似伏着的犀牛。

〔一二〕砠（jū 苴），山中險阻之地。

〔一三〕瘏（tú 途），馬病。

〔一四〕痡（pū 鋪），過度疲勞。

〔一五〕云何，猶如何。吁，借爲忬（xū 虚），憂也。

【附録】

注〔四〕寘，與徥古通用。《周易·坎卦》：「寘于叢棘。」《釋文》：「寘，子夏傳作湜，姚作寔。」

便是佐證。《方言》六：「偍，行也。」《小雅·大東》：「佻佻公子，行彼周行。」可爲參證。

樛木

作者攀附一個貴族，得到好處，因作這首詩爲貴族祝福。

一

南有樛木〔一〕，葛藟纍之〔二〕。樂只君子〔三〕，福履綏之〔四〕。

二

南有樛木，葛藟荒之〔五〕。樂只君子，福履將之〔六〕。

三

南有樛木，葛藟縈之〔七〕。樂只君子，福履成之〔八〕。

【注】

〔一〕樛（jiū究），高木也。

〔二〕葛藟（lěi壘），葛蔓。纍，攀援。作者以葛蔓攀附高樹比喻自己攀附貴族。

〔三〕只，語氣詞。樂只，猶樂哉。君子，統治階級的通稱。

〔四〕履，禄也。綏，安也。此句言福禄使君子安寧。
〔五〕荒，掩蓋。
〔六〕將，養也。
〔七〕縈，纏繞。
〔八〕成，成就。

螽斯

這是勞動人民諷刺剥削者的短歌。詩以蝗蟲紛紛飛翔，吃盡莊稼，比喻剥削者子孫衆多，奪盡勞動人民的糧穀，反映了階級社會的階級實質，表達了勞動人民的階級仇恨。

一

螽斯羽詵詵兮〔一〕。宜爾子孫振振兮〔二〕。

二

螽斯羽薨薨兮〔三〕。宜爾子孫繩繩兮〔四〕。

三

螽斯羽揖揖兮〔五〕。宜爾子孫蟄蟄兮〔六〕。

【注】

〔一〕螽（zhōng終），蝗蟲。斯，之也。螽斯羽，即蝗蟲之羽。詵（shēn身）詵，衆多貌。

〔二〕爾，你，指剥削者。振振，多而成羣貌。此句言你的子孫似蝗蟲一般，吃盡勞動人民的糧穀，養肥自己，當然是多而成羣了。

〔三〕薨（hōng轟）薨，蟲羣飛的聲音。

〔四〕繩繩，衆多貌。

〔五〕揖揖，多而羣集貌。

〔六〕蟄蟄，衆多貌。

桃　夭

這是女子出嫁時所唱的歌。

一

桃之夭夭〔一〕，灼灼其華〔二〕。之子于歸〔三〕，宜其室家〔四〕。

二

桃之夭夭，有蕡其實〔五〕。之子于歸，宜其家室。

三

桃之夭夭，其葉蓁蓁〔六〕。之子于歸，宜其家人。

【注】

〔一〕夭夭，形容茂盛。詩以桃比喻少女。

〔二〕灼灼，紅色鮮明。華，古花字。詩以桃花比喻嫁女的容貌。

〔三〕之，是也。子，男女的通稱。之子，這個人。于歸，出嫁。

〔四〕宜，適當。

〔五〕蕡（fén 墳），圓大的狀態。實，指桃子。詩以桃花結實比喻嫁女生子女。

〔六〕蓁（zhēn 真）蓁，茂盛貌。詩以桃葉的茂盛比喻嫁女的身體健康。

兔罝

這首詩詠唱國君的武士在野外打獵。

一

肅肅兔罝〔一〕，椓之丁丁〔二〕。赳赳武夫〔三〕，公侯干城〔四〕。

二

肅肅兔罝，施于中逵〔五〕。赳赳武夫，公侯好仇〔六〕。

三

肅肅兔罝，施于中林〔七〕。赳赳武夫，公侯腹心。

【注】

〔一〕肅肅，稀疏不密貌。罝（jiē 階），捕兔的網。

〔二〕椓（zhuó 酌），敲擊，即把繫兔網的木樁打入地裏。丁（zhēng 争）丁，象聲詞。

〔三〕赳赳，雄壯勇武貌。

〔四〕干，盾牌。干與城都是自衛的設施。

〔五〕施，設置。逵，四通八達的大道。中逵，即逵中。

〔六〕仇，讀爲儔，伴侣。

〔七〕中林，林中。

芣苢

這是勞動婦女在采車輪菜的勞動中唱出的短歌。

一

采采芣苢〔一〕，薄言采之〔二〕。采采芣苢，薄言有之〔三〕。

二

采采芣苢，薄言掇之〔四〕。采采芣苢，薄言捋之〔五〕。

三

采采芣苢，薄言袺之〔六〕。采采芣苢，薄言襭之〔七〕。

【注】

〔一〕采采，新鮮貌。一説：采采，采了又采。芣苢（fóu-yǐ 否以），車輪菜的古名，可吃，勞動人民用它做副食。

〔二〕薄，急急忙忙。言，讀爲焉或然。

〔三〕有，取歸己有。

〔四〕掇，用手指摘取。

〔五〕捋，用手扯下。

〔六〕袺（jié 潔），用手提衣襟兜東西。

〔七〕襭（xié 協），把衣襟插在腰帶上兜東西。

漢廣

一個男子追求一個女子而不可得，因作此歌以自歎。

一

南有喬木〔一〕，不可休思〔二〕。漢有游女〔三〕，不可求思。漢之廣矣，不可泳思〔四〕！江之永矣〔五〕，不可方思〔六〕！

二

翹翹錯薪〔七〕，言刈其楚〔八〕。之子于歸〔九〕，言秣其馬〔一〇〕。漢之廣矣，不可泳思！江之永矣，不可方思！

三

翹翹錯薪，言刈其蔞〔一一〕。之子于歸，言秣其駒〔一二〕。漢之廣矣，不可泳思！江之永矣，不可方思！

【注】

〔一〕喬，高大。

〔二〕休，指在樹下休息。思，此思字原誤作息，《韓詩外傳》一引作思，今據改。思，語氣詞，猶哉。

〔三〕漢，漢水。游，同遊。

〔四〕泳，游泳渡水。

〔五〕江，長江的古名。永，長。

〔六〕方，古語稱筏子爲方，此指坐筏子渡水。上四句比喻男女二人中間像隔着漢水、長江一般，難于接近。

〔七〕翹翹，高出貌。錯，雜也。薪，柴。錯薪指生在野地的草木雜柴。

〔八〕言，讀爲焉，乃也。刈（yì義），割。楚，一種叢木，又名荆，今叫荆條，它的細枝嫩葉可以餵馬。

〔九〕之，是也。子，男女的通稱。之子，這個人。于歸，出嫁。

〔一〇〕秣，餵馬。

〔一一〕蔞，一種蒿子，今叫柳蒿，可以餵馬。

〔一二〕駒，馬高六尺稱駒。

汝墳

西周末年，周幽王無道，犬戎入寇，攻破鎬京。周南地區一個在王朝做小官的人逃難回到家中，他的妻很喜歡，作此詩安慰他。

一

遵彼汝墳〔一〕，伐其條枚〔二〕。未見君子〔三〕，惄如調飢〔四〕。

二

遵彼汝墳，伐其條肄〔五〕。既見君子，不我遐棄〔六〕。

三

魴魚赬尾〔七〕，王室如燬〔八〕。雖則如燬，父母孔邇〔九〕。

【注】

〔一〕遵，循，即沿着走。汝，水名。墳，借爲濆（fén 焚），水邊。

〔二〕條，借爲槄（tāo 滔），木名，又名山楸。枚，枝也。

〔三〕君子，統治階級妻稱其夫爲君子。

〔四〕惄（nì 逆），心裏難過。調，通朝（《説文》引作朝），早晨。

〔五〕肄，殘枝。

〔六〕遐，遠。遐棄，猶言遠離。

〔七〕魴魚，魚名，赤尾，又名火燒鯿。赬（chēng 撑），赤色。

〔八〕王室，周王朝。王室如燬指西周王朝遭犬戎之難。作者烹魴魚給丈夫吃，見到魚尾紅似火燒，聯想到王室也如火燒毁。

〔九〕孔，甚，很。邇，近也。此句指丈夫回家，就靠近父母了。

麟之趾

魯哀公十四年，魯人去西郊打獵，獵獲一隻麒麟，而不識爲何獸。孔子見了，說道：「這是麒麟呀！」獲麟一事對于孔子刺激很大，他記在他所作的《春秋》上，而且停筆不再往下寫了。並又作了一首《獲麟歌》。這首詩很像是孔子的《獲麟歌》。詩三章，其首句描寫麒麟，次句描寫貴族，末句慨歎不幸的麒麟。意在以貴族打死麒麟比喻統治者迫害賢人（包括孔子自己）。

一

麟之趾〔一〕，振振公子〔二〕，于嗟麟兮〔三〕！

二

麟之定〔四〕，振振公姓〔五〕，于嗟麟兮！

三

麟之角，振振公族，于嗟麟兮！

【注】

〔一〕麟，舊説麟身似麐，尾似牛，一角，是「仁獸」，又是「靈獸」。此處用麟比喻有仁德，有才智的賢人。趾，足也。足有指稱趾，無指稱蹄。

〔二〕振振，多而成羣貌。

〔三〕于，借爲吁。吁嗟，表示悲傷的感歎詞。

〔四〕定，借爲頂。

〔五〕公姓，公之同姓。

【附録】

（解題）據《春秋》記載：「哀公十有四年春，西狩獲麟。」《左傳》記載：「西狩于大野，叔孫氏之車子（管車馬的官）鉏商（人名）獲麟，以爲不祥，以賜虞人（管家畜的官）。仲尼觀之曰：『麟也。』然後取之（叔孫氏把麟取去）。」蔡邕《琴操》記載：孔子看見麟，乃歌曰：「唐虞世兮麟鳳遊，今非其時來何求？麟兮麟兮我心憂。……」（《藝文類聚》卷十引）按《琴操》所載孔子的《獲麟歌》不類春秋時代的詩句，當是後人僞造。我認爲《麟之趾》一詩，可能是孔子的《獲麟歌》，孔子把它附在《詩經·周南》之末。孔子的學生没有把此事記下來。

注〔三〕《詩經》中的「于嗟」都是表達悲傷怨恨的感嘆詞。如《邶風·擊鼓》：「于嗟闊兮！不我活兮！于嗟洵兮！不我信兮！」《衛風·氓》：「于嗟鳩兮！無食桑葚！于嗟女兮！無與士耽！」《秦風・權輿》：「于嗟乎不承權輿！」都是。那末《周南・麟之趾》：「于嗟麟兮！」《召南・騶虞》：「于嗟乎騶虞！」當然也都是表達悲傷怨恨的感嘆詞了。

召南

鵲巢

召南的一個國君廢了原配夫人，另娶一個新夫人。作者寫這首詩敘其事，有諷刺的意味。

一

維鵲有巢，維鳩居之〔一〕。之子于歸〔二〕，百兩御之〔三〕。

二

維鵲有巢，維鳩方之〔四〕。之子于歸，百兩將之〔五〕。

三

維鵲有巢，維鳩盈之〔六〕。之子于歸，百兩成之〔七〕。

【注】

〔一〕鳩，即布穀鳥。鳩不會作巢，常侵佔鵲巢而居之。詩以鳩侵占鵲巢比喻新夫人奪去原配夫人的宮室。

〔二〕之子，這個人。于歸，出嫁。

〔三〕兩，借爲輛。御，迎迓。只有諸侯娶妻才以百輛車迎接。

〔四〕方，有也，即據而有之。

〔五〕將，送。女家也是國君，以百輛車送之。

〔六〕盈，滿。古代諸侯娶妻，帶有幾個媵妾，所以說「盈之」。

〔七〕成之，成其出嫁之禮。

采　蘩

這首詩的作者是諸侯的宮女，敘寫她們爲諸侯采蘩，以供祭祀之用。（此據《左傳·隱公三年》）

一

于以采蘩〔一〕？于沼于沚〔二〕。于以用之？公侯之事〔三〕。

二

于以采蘩？于澗之中。于以用之？公侯之宮〔四〕。

三

被之僮僮〔五〕，夙夜在公〔六〕。被之祁祁〔七〕，薄言還歸〔八〕。

【注】

〔一〕以，讀爲台，何也，相當于現代語的哪。于以，在哪裏。蘩，一種蒿子，又名白蒿，可生食或蒸食。采蘩用做祭品。

〔二〕沼，水池。沚，小沙灘。

〔三〕事，祭祀之事。

〔四〕宫，宗廟也稱宫。

〔五〕被，借爲髲（bì 避），婦女的頭髻。僮僮，高而直竪貌。

〔六〕夙，早晨。在公，爲公家辦事。

〔七〕祁祁，衆多貌。

〔八〕薄，急急忙忙。言，讀爲焉，語詞。

【附録】

（解題）有人説：「周代諸侯佔有廣大的桑園和養蠶的房屋。宫女采蘩，供養蠶之用。蘩可以做蠶窩，以便蠶在窩上作繭。」

注〔一〕以，楊樹達先生《古書疑義舉例續補》：「以，讀爲台，何也。」

草蟲

這首詩是婦人所作，抒寫她在丈夫遠出的時候，懷着深切的憂念；當丈夫歸來的時候，爲之無限喜悦。

一

喓喓草蟲〔一〕。趯趯阜螽〔二〕。未見君子〔三〕，憂心忡忡〔四〕；亦既見止〔五〕，亦既覯止〔六〕，我心則降〔七〕。

二

陟彼南山〔八〕，言采其蕨〔九〕。未見君子，憂心惙惙〔一〇〕；亦既見止，亦既覯止，我心則説〔一一〕。

三

陟彼南山，言采其薇〔一二〕。未見君子，我心傷悲；亦既見止，亦既覯止，我心則夷〔一三〕。

【注】

〔一〕喓喓，蟲鳴聲。草蟲，即蟈蟈。

〔二〕趯（tì惕）趯，蟲跳貌。阜螽（zhōng 終），即蚱蜢。

〔三〕君子，統治階級妻稱其夫爲君子。

〔四〕忡忡，憂慮不安貌。

〔五〕止，之也。

〔六〕覯，遇見。

〔七〕降，放下。

〔八〕陟（zhì至），登高。

〔九〕言，乃也。蕨，野菜名，初生似蒜，莖紫黑色，老有葉，可煮食。

〔一〇〕惙（chuò 齪）惙，憂慮不安貌。

〔一一〕說，通悦。

〔一二〕薇，野菜名，蔓生，莖葉似小豆，可煮食，也可生食，後世稱野豌豆。

〔一三〕夷，借爲恞，喜也。

采　蘋

這首詩是貴族家裹的女奴所作。古代貴族的女兒臨出嫁前，要祭祀她家的宗廟，由女奴們給她辦置菜蔬類的祭品。這首詩正是敘寫女奴們辦置祭品的勞動。

一

于以采蘋〔一〕？南澗之濱。于以采藻〔二〕？于彼行潦〔三〕。

二

于以盛之〔四〕？維筐及筥〔五〕。于以湘之〔六〕？維錡及釜〔七〕。

三

于以奠之〔八〕？宗室牖下〔九〕。誰其尸之〔一〇〕？有齊季女〔一一〕。

【注】

〔一〕以，讀爲台，何也。于以，在哪裏。蘋，大萍，生在水中，葉紋成十字形，古人食之。

〔二〕藻，即水藻，古人食之。

〔三〕行，借爲洐（háng 航），水溝。潦（lǎo 老），積水。洐潦，溝中積水。

〔四〕盛，裝起來。

〔五〕筐，方形的盛物竹器。筥（jǔ 舉），圓形的盛物竹器。

〔六〕湘，煮。

〔七〕錡（qí 其），有三隻脚的鍋。釜，無脚的鍋。

〔八〕奠，放置祭品。

〔九〕宗室，即宗廟。牖（yǒu友），窗子。女奴們把蘋藻放在宗廟的窗下，以便貴族女兒獻于祖先。

〔一〇〕尸，主也，指主祭。

〔一一〕齊，借爲齋，古人在祭祀前，不喝酒，不吃葷（葱蒜等），以示對鬼神恭敬，這叫作齋。季女，少女，指將要出嫁的貴族女兒。（《左傳·襄公二十八年》：「濟澤之阿，行潦之蘋藻，寘諸宗室，季蘭尸之，敬也。」據此，這首詩所寫的是具體人物，季女名季蘭。）

甘　棠

周宣王封他的母舅于召南域内，命召伯虎到召南給申伯築城蓋房，劃定土田，規定租税（見《大雅·崧高》）。召伯作這件事很賣力氣。他當時的住處有一棵甘棠樹，他離去後，申伯或申伯的子孫或其他有關的人，追思他的勞績，保護這棵甘棠樹以資紀念，因作這首詩。

一

蔽芾甘棠〔一〕，勿翦勿伐〔二〕，召伯所茇〔三〕。

二

蔽芾甘棠，勿翦勿敗〔四〕，召伯所憩〔五〕。

三

蔽芾甘棠，勿翦勿拜〔六〕，召伯所説〔七〕。

【注】

〔一〕蔽芾（fèi 費），樹木茂盛貌。甘棠，木名，果味甘美，今名棠梨樹。

〔二〕伐，用斧砍。

〔三〕召伯，名虎，周宣王大臣。茇（bá 拔），居住。

〔四〕敗，摧毀。

〔五〕憩（qì 氣），休息。

〔六〕拜，讀爲扒（《廣韻·十六怪》引作扒），拔也。

〔七〕説（shuì 税），停馬解車而休息。

行露

一個婦人因爲她的丈夫家境貧苦，回到娘家就不回夫家了。她的丈夫以自己有家爲理由，要求她回家同居而被拒絶，就在官衙告她一狀。夫婦同去聽審，她唱出這首歌，責駡她的丈夫，表示決不回夫家。

一

厭浥行露〔一〕，豈不夙夜〔二〕，謂行多露〔三〕。

二

誰謂雀無角〔四〕，何以穿我屋〔五〕。誰謂女無家〔六〕，何以速我獄〔七〕。雖速我獄，室家不足〔八〕。

三

誰謂鼠無牙，何以穿我墉〔九〕。誰謂女無家，何以速我訟〔一〇〕。雖速我訟，亦不女從〔一一〕。

【注】

〔一〕厭浥（yì邑），霑濕。行，道路。

〔二〕夙，早晨。

〔三〕謂，讀爲惟，發語詞。此章寫他們早晚趕路，路上露水很多。

〔四〕雀，麻雀。角，嘴也。

〔五〕此句以麻雀有嘴啄穿屋子比喻她的丈夫有口告狀。

〔六〕女，通汝。男人有家才能要求老婆回家。

〔七〕速，招致。獄，訴訟。

〔八〕不足，貧乏。

〔九〕墉，牆。詩以老鼠有牙咬穿屋牆比喻她的丈夫有口告狀。

〔一〇〕訟，也是訴訟。

〔一一〕從，順從。

【附録】

注〔一〕厭浥，《毛傳》：「厭浥，濕意也。」按厭借爲湆，《説文》：「湆，幽濕也，浥濕也。」《廣雅·释詁》：「湆浥，濕也。」厭湆古通用，《秦風·小戎》：「厭厭良人。」《列女傳·楚於陵妻傳》引厭厭作湆湆。《小雅·湛露》：「厭厭夜飲。」《釋文》：「厭厭《韓詩》作愔愔。」都是例證。以上採馬瑞辰《毛詩傳箋通釋》。

注〔三〕謂，當讀爲惟，是個發語詞。謂惟二字古通用，《老子》：「夫唯嗇是謂早服。」《韓非子·解老》引唯作謂。《小雅·正月》：「謂山蓋卑！爲岡爲陵。」「謂天蓋高！不敢不局。謂地蓋厚！不敢不蹐。」三個謂字都該讀爲惟，三個蓋字都該讀爲盍，與何同意。正和此詩謂字用法相同。「豈不夙夜，謂行多露。」依詩格是兩句，實際是一句，是説豈不是早晨晚間多露水嗎？作者在早晨晚間趕路，才説這話。

注〔四〕角，何楷《詩經世本古義》、俞樾《羣經平議》、聞一多《詩經通義》都認爲角是鳥的嘴。

注〔八〕足，富足之意。室家不足就是室家貧乏。古詩常用足字做富足之意。《論語·顏淵》：「百姓足，君孰與不足！百姓不足，君孰與足！」《孟子·梁惠王》：「春省耕而補不足。」《禮記·王制》：「國無九年之蓄曰不足。」「恤孤獨以逮不足。」以上各例，凡說「足」的，都是富足；凡說「不足」的，都是貧乏。

羔羊

衙門中的官吏都是剥削壓迫、凌踐殘害人民，蟠在人民身上，吸食人民血液以自肥的毒蛇。人民看到他們穿着羔羊皮襖，從衙門裏出來，就唱出這首歌，咒駡他們，揭出他們是害人毒蛇的本質。

一

羔羊之皮〔一〕，素絲五紽〔二〕。退食自公〔三〕，委蛇！委蛇〔四〕！

二

羔羊之革〔五〕，素絲五緎〔六〕。委蛇！委蛇！自公退食。

三

羔羊之縫〔七〕，素絲五總〔八〕。委蛇！委蛇！退食自公。

【注】

〔一〕羔羊，小羊。羔羊之皮，指官吏所穿的皮襖。周代人的皮襖是毛在外面，一望可見。

〔二〕素，白色。紽（tuó 駝），周代人的衣，一邊縫上五個（或三個）絲繩的紐子，古語叫作紽，今語叫作紐。另一邊縫上五個（或三個）絲繩的套兒，古語叫作緎，今語叫作扣。穿上衣的時候，把紽納入緎内，就是下文所謂總。

〔三〕公，指統治者的衙門。

〔四〕委，借爲虺（huǐ 毁），即四脚蛇，今語叫作馬蛇。委蛇即虺蛇。作者把官吏比作虺蛇。（古書中，委蛇又借爲逶迤，走路彎彎曲曲或摇摇擺擺的狀態，此處委蛇可能是雙關語。）

〔五〕革，皮板。

〔六〕緎（yù 域），衣上的扣，緎和扣是一聲的轉變。

〔七〕縫，借爲鬔（péng 朋），多而亂的毛。現在皮襖底襟下露出毛來叫作出風，出風當作出鬔。

〔八〕總，結也。

【附録】

注〔二〕五紽五緎五總，都是結衣的絲繩，它的用處等於現在結衣的紐扣。紽即衣紐。紐是團圓形。今語秤錘叫作秤鉈，飯團叫作飯鉈，冰團叫作冰鉈，古語衣紐叫作紽，正是一個語根的擴展。

注〔四〕先秦時人所謂「委蛇」有兩種意義：其一，委蛇是摇擺的狀態，《鄘風・君子偕老》：「副笄六珈，委委佗佗，如山如河。」委委佗佗是委蛇的重言，是形容婦女頭上簪花摇摇擺擺的。《楚辭・離騷》：「載雲旗之委蛇。」委蛇是形容旌旗在空中摇擺。其二，委蛇就是虺蛇。《莊子・達生》：「若夫以鳥養鳥者，宜棲之深林，浮之江湖，食之以委蛇。」《釋文》：「李云『大鳥食蛇』。」可見委蛇也是蛇類的名稱。委是借爲虺字。《説文》：「虺，以注鳴者，从虫，兀聲。」（注借爲咮，蛇的嘴。）此物形似守宫而大，四隻脚，在野，北方人呼做馬蛇。《小雅・斯干》：「維虺維蛇。」《國語・吴語》：「爲虺弗摧，爲蛇將奈何！」虺字都是此義。委和虺是一音的轉變。總之，委蛇就是虺蛇，指四脚蛇和無脚蛇而言。這是委蛇的又一意義。先秦人所謂「委蛇」，有以上兩種意義，而此詩的「委蛇」主要的意義是虺蛇，也可能兼有走路摇擺的意義，即所謂雙關語了。

注〔六〕緎是衣扣，緎與緰是一音的轉變，緎从或聲，緰从有聲，或和有古音相同，《尚書・洪範》：「無有作好，遵王之道。無有作惡，遵王之路。」《吕氏春秋・貴公》引有都作或。《商頌・玄鳥》：「奄有九有。」《中論・法象》引九有作九域。這種例子很多，不可盡舉。《説文》：「緰，彈彄也。」彈彄即彈弓中間的扣，引申之，衣扣也叫作緰。

注〔七〕縫，指羊毛，當讀爲髼，二字可以通用。《玉篇》：「髼，髮亂貌。」轉爲名詞，多而亂的毛髮也叫作髼。

注〔八〕總，《廣雅·釋詁》：「總，結也。」五總就是把五個紽結在五個緎上。第一章説紽，第二章説緎，第三章説總，是有順序的。

殷其靁

婦人思念在外的丈夫，因作這首詩。

一

殷其靁〔一〕，在南山之陽〔二〕。何斯違斯〔三〕，莫敢或遑〔四〕？振振君子〔五〕，歸哉歸哉！

二

殷其靁，在南山之側〔六〕。何斯違斯，莫敢遑息〔七〕？振振君子，歸哉歸哉！

三

殷其靁，在南山之下。何斯違斯，莫敢遑處〔八〕？振振君子，歸哉歸哉！

【注】

〔一〕殷，震動聲。其，語助詞。靁，古雷字。

〔二〕陽，山的南面稱陽，北面稱陰。
〔三〕斯，此也，上斯字指人，下斯字指地方。違，離去。
〔四〕遑，暇也。此二句指行役出外，不敢稍閑。
〔五〕振振，勤奮也。君子，統治階級妻稱其夫爲君子。
〔六〕側，旁邊。
〔七〕息，休息。
〔八〕處，居也。

摽有梅

《周禮・地官・媒氏》：「中春之月，令會男女，於是時也，奔者不禁。司（伺，調查。）男女之無夫家者而會之。」據此，周代有的地區，民間每年開一次男女舞會，會中由男女自由訂婚或結婚。這首詩就是舞會中女子們共同唱出的歌。

一

摽有梅〔一〕，其實七兮〔二〕。求我庶士〔三〕，迨其吉兮〔四〕。

二

摽有梅，其實三兮〔五〕。求我庶士，迨其今兮。

三

摽有梅，頃筐塈之〔六〕。求我庶士，迨其謂之〔七〕。

【注】

〔一〕摽（biào 俵），打落。有，語助詞。

〔二〕實，果實。七，指在樹上的只剩七個。作者以打落梅子比喻追求男子。

〔三〕庶，衆也。

〔四〕迨（dài 代），及也，即趁着。其，此也。吉，吉日。男女舞會要選擇吉日舉行。

〔五〕三，指在樹上的只剩三個。

〔六〕頃筐，斜口的筐，前低後高。塈（jì 既），取也。

〔七〕謂，讀爲彙，聚會。

【附録】

注〔四〕其，讀爲已。《爾雅·釋詁》：「已，此也。」

注〔七〕謂彙古通用。《爾雅·釋木》：「謂櫬，采薪。」《釋文》：「謂，舍人本作彙。」是其證。

《爾雅·釋詁》：「彙，聚也。」

小星

小官吏爲朝廷辦事，夜間還在長途跋涉，乃作這首詩自述勤苦，但却歸結於宿命。

一

嘒彼小星〔一〕，三五在東〔二〕。肅肅宵征〔三〕，夙夜在公〔四〕，寔命不同。

二

嘒彼小星，維參與昴〔五〕。肅肅宵征，抱衾與裯〔六〕，寔命不猶〔七〕。

【注】

〔一〕嘒（huì慧），微小貌。

〔二〕三，指下文的參星。五，指下文的昴星。

〔三〕肅肅，疾速貌。征，行也。

〔四〕夙夜，早晨晚上。在公，爲公家辦事。

〔五〕參（shēn身），星名，三顆，今人呼爲「三星」。昴（mǎo卯），星名，五顆。

〔六〕衾，被也。裯（chóu稠），蚊帳。

〔七〕猶，似也，同也。

江有汜

一個官吏或商人在他做客的地方娶了一個妻子。他回本鄉時，把她拋棄了。她唱出這首歌以自慰。

一

江有汜〔一〕。之子歸〔二〕，不我以〔三〕；不我以，其後也悔。

二

江有渚〔四〕。之子歸，不我與〔五〕；不我與，其後也處〔六〕。

三

江有沱〔七〕。之子歸，不我過〔八〕；不我過，其嘯也歌〔九〕。

【注】

〔一〕江，長江的古名。汜（sì祀），小水出於大水又入於這條大水叫作汜。詩以汜出於江又入於江比喻她將來能歸於其夫。

〔二〕之子，這個人。歸，回家。

〔三〕不我以，不帶我去。

〔四〕渚，水中沙灘。詩以渚在江中比喻她將來能歸於夫家。
〔五〕不我與，不和我同去。
〔六〕處，同居。
〔七〕沱，小水入于大水叫作沱。詩以沱入於江比喻她將來能歸於夫家。
〔八〕不我過，不到我這裏來，偷偷地走了。
〔九〕嘯歌，吟咏，歌唱。

野有死麕

這首詩寫一個打獵的男人引誘一個漂亮的姑娘，她也愛上了他，引他到家中相會。

一

野有死麕〔一〕，白茅包之〔二〕。有女懷春，吉士誘之〔三〕。

二

林有樸樕〔四〕，野有死鹿。白茅純束〔五〕，有女如玉。

三

舒而脱脱兮〔六〕，無感我帨兮〔七〕，無使尨也吠〔八〕。

【注】

〔一〕麕（jūn軍），獸名，又名麞。死麕是吉士行獵打死的。

〔二〕白茅，一種草，潔白柔滑，古人常用它包裹肉類。

〔三〕吉，良善。士，男子的通稱。誘，指吉士以死麕贈予女子來引誘她。

〔四〕樸樕（sù速），一種叢木。

〔五〕純，捆也。此句言用白茅捆束死鹿，贈予女子。

〔六〕舒，緩也，徐也。脱脱，走路慢、脚步輕的狀態。

〔七〕無，勿也，不要。感，借爲撼，觸動。帨（shuì税），拴在腰帶上的佩巾，有小刀玉佩等拴在一起，碰着就有聲響。

〔八〕尨（máng忙），長毛狗。此章三句是女子偷偷引吉士到家裏來，悄悄對吉士說的話。

何彼襛矣

周平王的孫女嫁於齊襄公或齊桓公，求召南域內諸侯之女做陪嫁的媵妾，而其父不肯，召南人因作此詩。

一

何彼襛矣〔一〕？唐棣之華〔二〕。曷不肅雝〔三〕？王姬之車〔四〕。

二

何彼襛矣？華如桃李〔五〕。平王之孫，齊侯之子〔六〕。

三

其釣維何？維絲伊緡〔七〕。齊侯之子，平王之孫。

【注】

〔一〕襛（nóng 農），多而密也。

〔二〕唐棣，即棠棣（《御覽》一五二及七七二引作棠棣），果木名，味甘。《詩經》無梨字，棣即梨。華，古花字。唐棣花有白有紅。詩以唐棣之花比喻召南諸侯之女年青貌美，當與王姬同嫁齊侯。

〔三〕曷，何也。肅，肅整。雝（yōng 庸），和諧。指車馬行動的肅整和諧。

〔四〕王姬，周王的女兒稱王姬，姬是周王族的姓。

〔五〕如，乃也。

〔六〕齊侯之子，《春秋·莊公元年》：「王姬歸于齊。」是周莊王四年、齊襄公五年，王姬嫁齊襄公。又《莊公十一年》：「王姬歸于齊。」是周莊王十四年、齊桓公三年，王姬嫁齊桓公。此詩所寫當是《春秋》所記兩件事之一。王姬是周平王的孫女，桓王的女兒，莊王的姊妹。

〔七〕伊，爲也。緡（mín 民），釣魚繩也。維絲伊緡，即絲做的釣魚繩。詩以用絲繩釣魚比喻以王姬齊侯之貴徵求媵妾。

【附録】

（解題）《易林·噬嗑之夬》：「齊侯少子，才略美好，求我長女，賤薄不與，反得醜惡，後乃大悔。」就是根據這首詩的齊詩説而講的。

騶虞

貴族强迫奴隸中的兒童給他牧猪，並派小官監視牧童的勞動，對牧童常常打駡。牧童唱出這首歌。

一

彼茁者葭〔一〕，壹發五豝〔二〕，于嗟乎騶虞〔三〕！

二

彼茁者蓬〔四〕，壹發五豵〔五〕，于嗟乎騶虞！

【注】

〔一〕茁，草長出土的狀態。葭（jiā 加），蘆葦的别名。

〔二〕壹，借爲一（《説文》引作一）。發，讀爲撥，二字同聲系古通用。豝，小獸稱豝，如小狗稱巴狗，小猪稱巴猪，巴即借爲豝字。言一撥開蘆葦發現五頭小野猪。

〔三〕于，讀爲吁。吁嗟，感嘆詞。騶（zōu 鄒）虞，官名，給貴族管理苑囿牲畜等。此句可以譯做：「哎呀咳可恨的牧場官！」

〔四〕蓬，草名，今名蓬蒿。

〔五〕豵（zōng 宗），小獸又稱豵，今語呼小獸爲崽子，崽是豵字聲音的轉變。

邶

柏舟

作者是衛國朝廷的一個官吏，抒寫他在黑暗勢力打擊下的憂愁和痛苦。

一

汎彼柏舟〔一〕，亦汎其流〔二〕，耿耿不寐〔三〕，如有隱憂〔四〕。微我無酒〔五〕，以敖以遊〔六〕。

二

我心匪鑒〔七〕，不可以茹〔八〕。亦有兄弟，不可以據〔九〕。薄言往愬〔一〇〕，逢彼之怒。

三

我心匪石，不可轉也。我心匪席，不可卷也。威儀棣棣〔一一〕，不可選也〔一二〕。

四

憂心悄悄〔一三〕，慍于羣小〔一四〕。覯閔既多〔一五〕，受侮不少。静言思之，寤辟有摽〔一六〕。

五

日居月諸〔一七〕，胡迭而微〔一八〕？心之憂矣，如匪澣衣〔一九〕。静言思之，不能奮飛〔二〇〕。

【注】

〔一〕柏舟，柏木作的船。
〔二〕汎其流，順水而流。
〔三〕耿耿，耿字从耳从火，心煩耳熱也。寐，睡着。
〔四〕如，乃也。隱憂，藏在心裏的憂愁。又解：隱借爲慇，痛也。
〔五〕微，非。
〔六〕敖，古遨字。

〔七〕匪，通非。鑒，即鑑，鏡。

〔八〕茹，拭也。鏡子有塵垢，可以擦去，我心不是鏡子，有憂愁，不可以除去。

〔九〕據，依靠。

〔一〇〕薄，急急忙忙。言，讀爲焉。愬，同訴。

〔一一〕威儀，法度，禮節。棣棣，雍容嫻雅貌。

〔一二〕選，《説文》：「選，遣也。」即拋去。

〔一三〕悄悄，憂愁的狀態。

〔一四〕愠，怒也。羣小，衆小人。

〔一五〕覯（gòu構），遭遇。閔，憂患。

〔一六〕寤，醒也。辟，讀爲擗，拍胸也。摽，拍胸的聲音。

〔一七〕居、諸，都是語氣詞。

〔一八〕胡，何也。迭，更迭。微，古語稱日食月食爲微。詩以日食月食比喻君臣昏暗。

〔一九〕澣（huǎn緩），洗也。舊解説是心中有憂愁似不洗的衣服有污垢，言作者内心不净。亨按：匪，當讀爲彼。澣衣即翰音。古語稱雞爲翰音，見《周易·中孚》、《禮記·曲禮上》等。作者言自己像雞一樣，任人宰殺，不能飛去，所以下文説「不能奮飛」。

〔二〇〕奮飛，鼓翼高飛。

綠衣

這是丈夫悼念亡妻之作。

一

綠兮衣兮，綠衣黃裏〔一〕。心之憂矣，曷維其已〔二〕！

二

綠兮衣兮，綠衣黃裳〔三〕。心之憂矣，曷維其亡〔四〕！

三

綠兮絲兮，女所治兮〔五〕。我思古人〔六〕，俾無訧兮〔七〕。

四

絺兮綌兮〔八〕，淒其以風〔九〕。我思古人，實獲我心〔一〇〕。

【注】

〔一〕衣，上身的衣服。裏，衣服的襯裏。此寫作者目睹亡妻的衣服。

〔二〕曷，何也。已，止也。言憂愁怎樣才能休止！

〔三〕裳，下身的衣服。

〔四〕亡，無也。言憂愁怎樣才能去掉呢！

〔五〕女，通汝，指亡妻。治，猶製也。綠絲的衣裳是你做的。

〔六〕古人，指亡妻。

〔七〕俾，使也。訧（yóu尤），過失。作者想到亡妻在世時，遇事規勸，使他不犯錯誤。

〔八〕絺（chī痴），細葛布。綌（xì隙），粗葛布。

〔九〕凄，涼也。此寫作者身穿葛布衣裳，面對涼風。

〔一〇〕獲，得也。實獲我心，指我想到的她已想到，她在世時，我覺得寒，她就給我加衣了。

燕燕

此詩作者當是年輕的衛君。他和一個女子原是一對情侶，但迫於環境，不能結婚。當她出嫁旁人時，他去送她，因作此詩。

一

燕燕于飛〔一〕，差池其羽〔二〕。之子于歸〔三〕，遠送于野。瞻望弗及〔四〕，泣涕如雨。

二

燕燕于飛，頡之頏之〔五〕。之子于歸，遠于將之〔六〕。瞻望弗及，佇立以泣。

三

燕燕于飛，下上其音。之子于歸，遠送于南。瞻望弗及，實勞我心〔七〕。

四

仲氏任只〔八〕，其心塞淵〔九〕。終温且惠〔一〇〕，淑慎其身〔一一〕。先君之思，以勖寡人〔一二〕。

【注】

〔一〕燕燕，一對燕子。于，語助詞。

〔二〕差（cī疵）池，不齊。

〔三〕之子，這個人。于歸，出嫁。

〔四〕弗及，看不到。

〔五〕頡（xié協），向下飛。頏（háng杭），向上飛。

〔六〕于，猶以也。將，送也。

〔七〕勞，愁苦。

〔八〕仲氏，古代長子長女稱伯稱孟，中子中女稱仲，幼子幼女稱叔稱季。任，姓也。只，語氣詞。

〔九〕塞，誠實。淵，深遠。

〔一〇〕終，既也。惠，順也。

〔一一〕淑，良善。此句言她所言所行都良善而謹慎。

〔一二〕勖（xù序），助也。寡人，國君自稱寡人。此二句言先君的想法是以仲氏輔助寡人，即以仲氏匹配作者。

日月

這是婦人受丈夫虐待唱出的沉痛歌聲。

一

日居月諸〔一〕，照臨下土。乃如之人兮〔二〕，逝不古處〔三〕。胡能有定〔四〕？寧不我顧〔五〕！

二

日居月諸，下土是冒〔六〕。乃如之人兮，逝不相好〔七〕。胡能有定？寧不我報〔八〕！

三

日居月諸，出自東方。乃如之人兮，德音無良〔九〕。胡能有定？俾也可忘〔一〇〕。

四

日居月諸，東方自出。父兮母兮，畜我不卒〔一一〕。胡能有定？報我不述〔一二〕。

【注】

〔一〕居、諸，都是語氣詞。

〔二〕如之人，像這個人。

〔三〕逝，猶斯，發語詞。古處，以古道相處。又解：古當作可，形似而誤。

〔四〕胡，何也。定，止也。指丈夫的虐待怎樣才能停止呢？

〔五〕寧，乃也。

〔六〕冒，覆蓋。日月的光輝普照下土，似覆蓋。

〔七〕相好，相愛。

〔八〕報，報答。我愛他而他不愛我，是不報答我。

〔九〕德音，道德名譽。

〔一〇〕俾，使也。

〔二〕畜，養也。卒，終也。作者怨父母不養她一輩子，叫她出嫁，以致受人虐待。

〔三〕述，借爲術，道也。不術即不道。此句言報我不以其道。

終風

一個婦女受强暴男子的調戲欺侮而無法抗拒或避開，因作此詩。

一

終風且暴〔一〕。顧我則笑，謔浪笑敖〔二〕。中心是悼〔三〕。

二

終風且霾〔四〕。惠然肯來〔五〕。莫往莫來，悠悠我思〔六〕。

三

終風且曀〔七〕，不日有曀〔八〕。寤言不寐〔九〕，願言則嚏〔一〇〕。

四

曀曀其陰，虺虺其靁〔一一〕。寤言不寐，願言則懷〔一二〕。

【注】

〔一〕終，既也。暴，《説文》引作瀑，云：「急雨也。」詩以天陰、刮風、下雨、打雷比喻男子的欺侮行動。

〔二〕謔，以言相戲。浪，賣弄風騷。敖，借爲傲，擺臭架子。

〔三〕悼，悲傷。

〔四〕霾（mái埋），下雨雜有塵土。

〔五〕惠，順也。裝成柔順的樣子。

〔六〕悠悠，憂也。

〔七〕曀，陰暗。

〔八〕不日，没有太陽。有，通又。

〔九〕寤，醒着。言，讀爲焉。寐，睡着。

〔一〇〕願，思也。嚏，借爲懥（zhì至），怒也。

〔一一〕虺虺，雷聲。靁，古雷字。

〔一二〕懷，悲傷。

擊鼓

這首詩作於公元前七百二十年。春秋初年，衛國公子州吁殺死衛桓公，做了衛君，聯合陳國宋國，去侵略鄭國，强迫勞動人民出征。打完了仗，領兵的將官把一些反對戰爭、口出怨言的士兵拋在國外了。這首詩就是被拋棄的士兵唱的。

一

擊鼓其鏜〔一〕，踴躍用兵〔二〕。土國城漕〔三〕，我獨南行〔四〕。

二

從孫子仲〔五〕，平陳與宋〔六〕。不我以歸〔七〕，憂心有忡〔八〕。

三

爰居爰處〔九〕，爰喪其馬〔一〇〕。于以求之〔一一〕？于林之下。

四

死生契闊〔一二〕，與子成説〔一三〕。執子之手，「與子偕老」〔一四〕。

五

于嗟闊兮〔一五〕！不我活兮！于嗟洵兮〔一六〕！不我信兮〔一七〕！

【注】

〔一〕鏜，打鼓聲。

〔二〕用兵，指州吁興兵。

〔三〕土，用土築城。國，首都。又解：土國當作士或。士是男子的通稱。城，築城。漕，衛國地名。
〔四〕南行，鄭國在衛國南，所以説南行。
〔五〕孫子仲，此次出征領兵的將官。
〔六〕平，聯合。衛國聯合陳國、宋國和蔡國去伐鄭國。見《左傳・隱公四年》。
〔七〕不我以歸，不帶我回國。
〔八〕忡，憂慮不安貌。
〔九〕爰，乃，於是。
〔一〇〕喪，丢失。
〔一一〕以，何也。
〔一二〕契，隔絶。闊，遠離。
〔一三〕子，作者稱他的妻。成説，説下約定的話，就是下文「與子偕老」那句話。
〔一四〕偕，同。
〔一五〕于，借爲吁。吁嗟，悲歎的聲音。
〔一六〕洵，借爲惸，孤獨。
〔一七〕不我信，指統治者不相信我。

【附録】

注〔一六〕洵，借爲惸。《小雅・正月》：「哀此惸獨。」《釋文》：「惸，獨也。」

凱　風

衛國一個婦人，生了七個兒子，因家境貧困，想要改嫁。她的兒子們唱出這首歌以自責。

一

凱風自南〔一〕，吹彼棘心〔二〕。棘心夭夭〔三〕，母氏劬勞〔四〕。

二

凱風自南，吹彼棘薪〔五〕。母氏聖善〔六〕，我無令人〔七〕。

三

爰有寒泉〔八〕，在浚之下〔九〕。有子七人，母氏勞苦。

四

睍睆黄鳥〔一〇〕，載好其音〔一一〕。有子七人，莫慰母心。

【注】

〔一〕凱風，即南風。凱，樂也。南風温暖，長養萬物，使人喜歡，所以叫作凱風。

〔二〕棘，小棗樹。心，借爲杺，一種叢木，又名樸樕。

〔三〕夭夭，茂盛。詩以凱風比母親，以棘心比七子，棘心不得凱風的温暖，不能茂盛；七子不得母親的撫養，不能長成。
〔四〕劬勞，辛苦勞累。
〔五〕薪借爲亲，亲與榛同，一種叢木，果如小栗。
〔六〕聖，明達，智慧。
〔七〕令，善也，指才德的優越。
〔八〕爰，發語詞。
〔九〕浚，衛國邑名（在今河南濮陽縣南）。詩以寒泉之水可以灌溉田苗，比喻母親養育子女。
〔一〇〕睍睆（xiàn-huǎn 現緩），黄鳥鳴的聲音。黄鳥，此黄鳥當是黄鶯。
〔一一〕載，猶則也。詩以黄鳥可以娱人反比七子不能安慰母親，有人不如鳥的意思。

雄雉

統治階級的一個婦人懷念遠出的丈夫，因作此詩。

一

雄雉于飛〔一〕，泄泄其羽〔二〕。我之懷矣〔三〕，自詒伊阻〔四〕。

二

雄雉于飛，下上其音。展矣君子〔五〕，實勞我心〔六〕。

三

瞻彼日月，悠悠我思〔七〕。道之云遠〔八〕，曷云能來〔九〕。

四

百爾君子〔一〇〕，不知德行〔一一〕。不忮不求〔一二〕，何用不臧〔一三〕。

【注】

〔一〕雉，野雞。于，語助詞。

〔二〕泄（yì 義）泄，鳥鼓翼貌。詩以雄雉飛去比喻丈夫遠行。

〔三〕懷，思念。

〔四〕詒，通貽，遺留。伊，此也。阻，借爲慼（qī 戚），憂愁。作者没有阻止丈夫遠去，所以説自己留下此憂愁。

〔五〕展，當讀爲癉（dàn 旦），勞也。君子，作者稱她的丈夫。

〔六〕勞，愁苦。

〔七〕悠悠，憂也。

〔八〕云，語詞。

〔九〕曷，何也。

〔一〇〕爾，你們。君子，指統治者。

〔一一〕不知德行，指没有廉恥，没有道德。

〔一二〕忮（zhì至），嫉妒。

〔一三〕用，猶行也。臧，善也。此二句言：只要不嫉妒旁人，不貪求財物，則何行而不善呢？

從這一章看來，那一羣統治者包括作者的丈夫，大概是帶兵去侵略掠奪别國。

匏有苦葉

這首詩寫一個男子去看望已經訂婚的女友。

一

匏有苦葉〔一〕，濟有深涉〔二〕。深則厲〔三〕，淺則揭〔四〕。

二

有瀰濟盈〔五〕，有鷕雉鳴〔六〕。濟盈不濡軌〔七〕，雉鳴求其牡〔八〕。

三

雝雝鳴雁〔九〕，旭日始旦〔一〇〕。士如歸妻〔一一〕，迨冰未泮〔一二〕。

四

招招舟子〔一三〕，人涉卬否〔一四〕。人涉卬否，卬須我友〔一五〕。

【注】

〔一〕匏（páo 袍），葫蘆。古人渡水，把大葫蘆拴在腰間，容易浮過，因而稱它爲腰舟。苦，借爲枯，乾枯也。秋天葫蘆長成，葉子乾枯，正好做腰舟。

〔二〕濟，水名。涉，此涉字是渡口。這渡口，看來似深，其實並不深，下文説「不濡軌」可證。

〔三〕厲，裸也。脱下衣裳渡水爲厲。

〔四〕揭（qì 氣），舉也。提起衣裳渡水爲揭。

〔五〕瀰，河水漫漫的狀態。盈，滿。

〔六〕鷕（wěi 偉），母野雞鳴聲。雉，野雞。

〔七〕濡，霑濕。軌，車軸的頭。

〔八〕牡，雄獸稱牡，因而雄野雞也稱牡。

〔九〕雝（yōng 庸）雝，雁鳴聲。

〔一〇〕旭日，早晨的太陽。

〔一一〕士，男子的通稱。歸妻，男子出贅到女家。舊説：歸妻，使妻歸於我，即娶妻。

〔二〕迨，及也，即趁着。泮（pàn判），冰解也。古代習慣男女結婚在冰解以前。
〔三〕招招，擺手相招。舟子，船夫。
〔四〕涉，此涉字是徒步渡水。卬（áng昂），我也。
〔五〕須，等待。友，指船夫。

【附録】

注〔一〕匏，古人渡水常把大葫蘆拴在腰間，可以不沉，俗名腰舟。《國語·魯語》：「夫苦匏不材於人，共濟而已。」《莊子·逍遥遊》：「今子有五石之瓠，何不慮以爲大樽，而浮於江湖。」《鶡冠子·學問》：「中流失船，一壺千金。」陸注：「壺，瓠也。」這是三個證據。此采王先謙《詩三家義集疏》、聞一多《詩經通義》等説。

注〔三〕〔四〕厲，當是裸音的轉變。《説文》：「揭，高舉也。」渡水時把衣裳高高提起，古語叫作揭。《墨子·公孟》：「是猶倮者謂撅者不恭也。」《晏子春秋·外篇》：「吾譏晏子猶倮而訾高撅者也。」倮即裸字。《禮記·内則》：「不涉不撅。」鄭注：「撅，揭衣也。」朱駿聲説：「撅叚借爲揭。」（《説文通訓定聲》泰部）由此可見，《詩經》的「厲」和「揭」就是《墨子》、《晏子》的「倮」和「撅」，厲是裸音的轉變，當無疑問。「深則厲，淺則揭」是説水深就把衣裳脱下，水淺就把衣裳提起。

注〔一一〕歸妻，《詩經》常説「取妻」，（即娶妻）而此詩獨説「歸妻」。考《説文》：「歸，女嫁也。」《公羊傳·隱公二年》：「婦人謂嫁曰歸。」歸和娶正是相對的詞彙，可見歸妻和娶妻意義不同。根據歸字的意義，「士如歸妻」當是說男人如果出嫁於妻家，歸妻即所謂出贅了。上古母系社會時代，是男子出贅於女家。進入父系社會便是女子出嫁於男家，可是母系社會的殘餘習俗，與個別家庭的要求相結合，男人出贅女家的事實，在奴隸社會裏和封建社會裏還是一直地存在着，不過爲數不多罷了。此詩不說「士如娶妻」，而說「士如歸妻」，是指男子出贅妻家。

谷風

這首詩的主人是一個勞動婦女。她和她丈夫起初家境很窮，後來稍微富裕。她的丈夫另娶了一個妻子，而把她趕走。通篇是寫她對丈夫的訴苦、憤恨和責難。

一

習習谷風〔一〕，以陰以雨〔二〕。黽勉同心〔三〕，不宜有怒。采葑采菲〔四〕，無以下體〔五〕。德音莫違〔六〕，及爾同死。

二

行道遲遲〔七〕，中心有違〔八〕。不遠伊邇〔九〕，薄送我畿〔一〇〕。誰謂荼苦〔一一〕，其甘如薺〔一二〕。宴爾新婚〔一三〕，如兄如弟。

三

涇以渭濁〔一四〕，湜湜其止〔一五〕。宴爾新昏，不我屑以〔一六〕。毋逝我梁〔一七〕！毋發我笱〔一八〕！我躬不閱〔一九〕，遑恤我後〔二〇〕！

四

就其深矣，方之舟之〔二一〕；就其淺矣，泳之游之〔二二〕。何有何亡〔二三〕，黽勉求之；凡民有喪〔二四〕，匍匐救之〔二五〕。

五

不我能慉〔二六〕，反以我爲讎〔二七〕。既阻我德〔二八〕，賈用不售〔二九〕。昔育恐育鞫〔三〇〕，及爾顛覆〔三一〕。既生既育，比予于毒〔三二〕。

六

我有旨蓄〔三三〕，亦以御冬〔三四〕。宴爾新昏，以我御窮。有洸有潰〔三五〕，既詒我肄〔三六〕。不念昔者，伊余來塈〔三七〕。

【注】

〔一〕習習，大風聲。谷風，山谷中的風。

〔二〕此二句以颳風下雨比喻她丈夫發怒，造成家庭的變故。

〔三〕黽（mǐn 皿）勉，辛勤努力。

〔四〕葑，蘿蔔。菲，地瓜。

〔五〕無以，不用。下體，指地下莖。此二句以采蘿蔔地瓜者不要它的地下莖，比喻她的丈夫不取她的品德。

〔六〕德音，善言。違，背棄。

〔七〕遲遲，緩慢。她被趕走，心灰意懶，所以走路很慢。

〔八〕中心，即心中。違，借爲愇，恨。

〔九〕伊，是也。表示肯定。邇，近。

〔一〇〕薄，急急忙忙。畿，門坎。

〔一一〕荼，菜名，味苦，又名苦菜。

〔一二〕薺，菜名，味甜。這二句言荼菜雖苦，但和詩主人内心的痛苦來比，它却像薺菜那樣甜了。

〔一三〕宴，快樂。

〔一四〕涇、渭，都是水名。以，猶使也。涇水濁，渭水清，涇水流入渭水，把渭水也弄濁了。一說：涇水清，渭水濁；以，因也。

〔一五〕湜（shí食）湜，水清貌。止，今本《詩經》誤作沚，《説文》引作止，今據改。
〔一六〕不我屑以，不屑要我。不屑有鄙視的意味。
〔一七〕逝，往。梁，魚梁，攔魚的水壩。
〔一八〕笱（gǒu狗），捉魚的器具，編竹成筒形，口有倒刺，魚入即不能出，現在叫作鬚籠。在魚壩上弄一個孔穴，鬚籠安在孔穴裏。
〔一九〕躬，身體。閲，收容。
〔二〇〕遑，何也。恤，憂慮。此二句言我自身還不見容，又何必躭憂以後的事呢？
〔二一〕方，以筏渡。舟，以船渡。
〔二二〕泳游，泳是潛游，游是浮游。以上四句比喻遇到阻礙就想辦法。
〔二三〕亡，通無。
〔二四〕喪，災難。
〔二五〕匍匐，爬行。
〔二六〕慉（xù序），養也。一説：慉，愛也。
〔二七〕讎，同仇。
〔二八〕阻，疑惑。
〔二九〕賈，出賣貨物。售，賣出。此二句言：你懷疑我的美德，所以我這個人在你這兒賣不出去。

〔三〇〕兩育字當作有，形似而誤，通又。鞫，貧窮。

〔三一〕顛，跌倒。覆，翻倒。顛覆指生活中所遭遇的挫折與失敗。二句言以前天天擔心窮日子不易過，同你一起艱苦地生活。

〔三二〕毒，害人之物。

〔三三〕旨，味美。蓄，積藏的菜蔬，如乾菜、鹹菜、泡菜等。夏秋天弄好，以備冬天食用。

〔三四〕御，同禦，擋禦。冬天没有鮮菜，有蓄菜就可以對付過去了。

〔三五〕有，又。洸（guāng光），兇暴。潰，糊塗。

〔三六〕詒，通貽，給予。肄，勞苦。

〔三七〕伊，猶唯也。曁（jì既），借爲摡，除去。

【附録】

注〔八〕違，《釋文》引《韓詩》：「違，很也。」馬瑞辰《毛詩傳箋通釋》：「《韓詩》蓋以違爲愇之假借，故訓爲很，很亦恨也。」俞樾《羣經平議》説同。

注〔一〇〕畿，馬瑞辰説：「畿者機之假借，門限也。」陳奂《毛詩傳疏》説同。

注〔一四〕以，裴學海《古書虛字集釋》：「以，猶使也。」

注〔二〇〕遑，裴學海《古書虛字集釋》：「遑，猶胡也，何也。」

注〔三〇〕育，聞一多《詩經通義》：「兩育字爲有之誤。」

注〔三七〕塈，當讀爲摡。《説文》：「摡，滌也。」《檜風・匪風》：「摡之釜鬵。」毛傳：「摡，滌也。」《周禮・世婦》：「帥女官而濯摡。」鄭注：「摡，拭也。」摡有除去之意。伊余來摡，就是把我除去、把我趕走之意。

式微

奴隸們在野外冒霜露、踩泥水，給貴族幹活，天黑了還不能回去，就唱出這首歌。

一

式微式微〔一〕，胡不歸？微君之故〔二〕，胡爲乎中露〔三〕？

二

式微式微，胡不歸？微君之躬〔四〕，胡爲乎泥中？

【注】

〔一〕式，發語詞。微，天黑也。

〔二〕微，非也。君，指奴隸主。

〔三〕中露，即露中。

〔四〕躬，身也。

【附録】

注〔一〕微，借爲黴。《廣雅·釋器》：「黴，黑也。」古語稱日月無光爲黴。《邶風·柏舟》：「日居月諸，胡迭而微。」《小雅·十月之交》：「彼月而微。」「此日而微。」都是借微爲黴。

旄丘

《左傳·宣公十五年》記赤狄潞國事：「潞（在今山西潞城縣）……酆舒爲政……而奪黎氏地（即今山西黎城縣）。……晉荀林父敗赤狄于曲梁，滅潞。」狄人滅黎，黎國君臣逃到衛國，派人求救於晉，晉國拖延不出兵，黎國君臣因作此詩。以後晉國出兵滅了赤狄。

一

旄丘之葛兮〔一〕，何誕之節兮〔二〕！叔兮伯兮〔三〕，何多日也〔四〕！

二

何其處也〔五〕？必有與也〔六〕。何其久也？必有以也。

三

狐裘蒙戎〔七〕。匪車不東〔八〕。叔兮伯兮，靡所與同〔九〕。

四

瑣兮尾兮〔一〇〕，流離之子〔一一〕。叔兮伯兮，褎如充耳〔一二〕。

【注】

〔一〕旄丘，丘名，屬衛國。在今河南濮陽縣。

〔二〕誕，延也，長也。節，植物莖上的節。作者在客地見到葛的長成，感到漂流生活過得很久。

〔三〕叔伯，作者稱晉國君臣爲叔伯。

〔四〕多日，指拖延多日。

〔五〕處，居也。叔伯爲什麽安居不動呢？

〔六〕與，猶以也，即原因。

〔七〕蒙戎，同尨茸，猶蓬鬆。夏秋過去，冬天又來，作者穿上皮襖了。

〔八〕匪，通彼。不東，指晉國兵車不向東去援助黎國。

〔九〕靡，無。同，指同一條心。

〔一〇〕瑣，細小。尾，借爲微，小也。

〔一一〕流離，即黄鸝、黄鶯。離即古鸝字。冬天過去，春天又來，作者見到小黄鶯，同時感到自己像小鳥一般，寄居異國。

〔二三〕褎（yòu誘），聾也。充，堵塞。

簡兮

衛君的公庭大開舞會，一個貴族婦女愛上領隊的舞師，作這首詩來贊美他。

一

簡兮簡兮〔一〕，方將萬舞〔二〕。日之方中〔三〕，在前上處〔四〕。碩人俁俁〔五〕，公庭萬舞。

二

有力如虎〔六〕，執轡如組〔七〕，左手執籥〔八〕，右手秉翟〔九〕，赫如渥赭〔一〇〕。公言錫爵〔一一〕。

三

山有榛〔一二〕，隰有苓〔一三〕。云誰之思〔一四〕，西方美人〔一五〕。彼美人兮，西方之人兮。

【注】

〔一〕簡，威儀堂堂的樣子。又解：簡，鼓聲。《商頌·那》：「奏鼓簡簡。」開舞會前先擊鼓。

〔二〕方將，正要。萬舞，舞名，先是武舞，舞者手拿兵器；後是文舞，舞者手拿鳥羽和樂器。
〔三〕日之方中，日在正午。
〔四〕在前上處，指舞師處于前列的上頭，是領隊者。
〔五〕碩人，身軀高大的人。俁（yǔ語）俁，魁梧的樣子。
〔六〕有力如虎，武舞階段，舞者手拿兵器，象徵作戰，顯出力量如虎。
〔七〕轡，馬繮繩。組，用絲織的寬帶。武舞階段，舞者手拿繮繩，象徵駕車。
〔八〕籥（yuè躍），古管樂器，似後世之排簫。
〔九〕秉，執。翟（dí敵），野雞的尾羽。上二句寫文舞。
〔一〇〕赫，赤色鮮明貌。渥，濕潤。赭，赤土。此寫舞師的面色。
〔一一〕公，衛君。錫，通賜。爵，古代一種酒器，形略似麻雀，用處同於酒杯。錫爵，賞賜一杯酒。
〔一二〕榛，指榛樹的果。
〔一三〕隰（xí習），低濕之地。苓，即甘草。
〔一四〕云，發語詞。
〔一五〕西方美人，指漂亮的舞師是西方人。

泉 水

這首詩是許穆公夫人所作。她是衛宣公的老婆宣姜與宣公庶子頑姘居所生，嫁給許穆公。狄人攻破衛國，衛懿公戰死，衛人立戴公於漕邑。她要到衛國去探問，走出不遠，被許國大夫追回，她因作《泉水》和《載馳》。（參見《鄘風·載馳》）

一

毖彼泉水〔一〕，亦流于淇〔二〕。有懷于衛〔三〕，靡日不思〔四〕。孌彼諸姬〔五〕，聊與之謀〔六〕。

二

出宿于泲〔七〕，飲餞于禰〔八〕。女子有行〔九〕，遠父母兄弟。問我諸姑〔一〇〕，遂及伯姊〔一一〕。

三

出宿于干〔一二〕，飲餞于言〔一三〕。載脂載舝〔一四〕，還車言邁〔一五〕。遄臻于衛〔一六〕，不瑕有害〔一七〕。

四

我思肥泉〔一八〕，兹之永歎〔一九〕。思須與漕〔二〇〕，我心悠悠〔二一〕。駕言出遊〔二二〕，以寫我憂〔二三〕。

【注】

〔一〕毖，通泌，水流貌。

〔二〕淇，衛國水名。

〔三〕懷，思念。

〔四〕靡，無也。

〔五〕孌，美好貌。諸姬，許穆夫人姓姬。許君姓姜，多娶姓姬的女子。諸姬指嫁到許國來的幾個姓姬的女子。

〔六〕聊，願也，樂也。又解：聊，姑且。此言作者與同姓女伴計議可否回衛國一次的問題。

〔七〕泲（jǐ擠），地名。

〔八〕餞，以酒宴送行。禰（nǐ你），地名。此二句寫她在返衛途中之事。

〔九〕行，女子出嫁爲行。有行即已經出嫁。

〔一〇〕姑，父的姊妹稱姑。

〔一一〕伯姊，大姐。此二句寫她回到衛國將要問候諸姑伯姊。

〔一二〕干，地名。

〔一三〕言，地名。

〔一四〕載，則也。脂，抹油於車軸上。舝（xiá 轄），車軸頭上的鍵子，此用做動詞，把鍵子加上。古時在車走前，先拿下車軸頭的鍵子，抹上油，然後把鍵子安上。

〔一五〕還車，把車掉轉過來向回走。言，讀爲焉，乃也。邁，行也。此二句寫她被迫回轉許國。

〔一六〕遄（chuán 椽），速。臻，至，到。

〔一七〕瑕，通「胡」，何也。此二句言：很快就到衛國，没有什麽害處，何必把我追回呢？

〔一八〕肥泉，衛國水名。

〔一九〕茲，通滋，增加。永歎，長歎。

〔二〇〕須、漕，都是衛國邑名。

〔二一〕悠悠，憂也。

〔二二〕言，讀爲焉。

〔二三〕寫，宣泄，通作瀉字。

北門

衛國朝廷的小官吏，俸禄微薄，不够養家，而朝廷的瑣細事務，辛勤的勞役，都要他去擔任。他既受統治者的壓迫，又苦家庭生活的困難，因作此詩。

一

出自北門，憂心殷殷〔一〕。終窶且貧〔二〕，莫知我艱。已焉哉！天實爲之，謂之何哉〔三〕！

二

王事適我〔四〕，政事一埤益我〔五〕。我入自外，室人交徧讁我〔六〕。已焉哉！天實爲之，謂之何哉！

三

王事敦我〔七〕，政事一埤遺我〔八〕。我入自外，室人交徧摧我〔九〕。已焉哉！天實爲之，謂之何哉！

【注】

〔一〕殷殷，憂傷貌。

〔二〕終，既也。窶（jù巨），困窘。

〔三〕謂之何哉，還説什麽。

〔四〕王，諸侯國中人對諸侯也稱爲王。適，借爲擿，投擲。

〔五〕一埤（pí皮），猶一并。益，加。

〔六〕交徧，猶普遍。讁，責難。

〔七〕敦，促。

〔八〕遺，交給。

〔九〕摧，譏刺。

【附録】

注〔二〕終，王引之《經義述聞》引王念孫説：「終，猶既也。」

北風

衛國統治者的政治殘暴，百姓相攜逃去，唱出這個歌。

一

北風其涼，雨雪其雱〔一〕。惠而好我〔二〕，攜手同行。其虛其邪〔三〕！既亟只且〔四〕！

二

北風其喈〔五〕，雨雪其霏〔六〕。惠而好我，攜手同歸。其虛其邪！既亟只且！

三

莫赤匪狐〔七〕，莫黑匪烏〔八〕。惠而好我，攜手同車。其虛其邪！既亟只且！

【注】

〔一〕雱（páng旁），雪盛貌。上二句寫風雪，也用來比喻統治者的暴政。下章同。

〔二〕惠，猶維也。而，爾、你。好，喜歡。

〔三〕虛，通舒。邪，通徐。均爲從容緩慢之意。

〔四〕亟，急。只且（zǔ祖），語氣詞，猶言也哉。此句言還是快走吧！

〔五〕喈，借爲湝，寒也。

〔六〕霏，雨雪大的樣子。

〔七〕匪，通非。

〔八〕烏，烏鴉。詩以狐比大官，以烏鴉比小官。周代大官穿紅衣，小官穿黑衣。此二句言：穿紅衣的都是狐狸，穿黑衣的都是烏鴉。

静女

詩的主人公是個男子，抒寫他和一個姑娘甜蜜的愛情。

一

静女其姝〔一〕，俟我于城隅〔二〕。愛而不見〔三〕，搔首踟蹰〔四〕。

二

静女其孌〔五〕，貽我彤管〔六〕。彤管有煒〔七〕，説懌女美〔八〕。

三

自牧歸荑〔九〕，洵美且異〔一〇〕。匪女之爲美〔一一〕，美人之貽。

【注】

〔一〕静，貞静，不輕佻。姝，容貌漂亮。

〔二〕俟，等待。城隅，城角。

〔三〕愛，借爲薆，隱蔽。姑娘和他開玩笑，故意躲在他看不見的地方。

〔四〕搔首，用手撓頭。踟蹰，來回走動。

〔五〕孌，容貌俊俏。

〔六〕貽，贈送。彤，紅色。管，樂器。

〔七〕煒（wěi偉），紅而發亮。

〔八〕説，通悦。懌（yì益），喜也。女，通汝，指彤管。

〔九〕牧，郊外野地，牧場所在。歸，借爲饋，贈送。荑（tí題），草名，白茅始生稱荑，三四月間開白花。

〔一〇〕洵（xún旬），真也。異，出奇。

〔一一〕匪，非。女，通汝，指荑草。

【附録】

注〔六〕彤管，歐陽修《毛詩本義》：「古者鍼筆皆有管，樂器亦有管，不知此彤管是何物也。」按：彤管當是樂器，就是紅色的樂管。《詩經》裏的管字，都是指樂管。《周頌·有瞽》：「簫管備舉。」《商頌·那》：「嘒嘒管聲。」又《周頌·執競》：「磬筦將將。」《漢書·禮樂志》、《説文》都引筦作管。所以説此詩的彤管當是樂器。

新臺

衛宣公給他的兒子伋娶齊國之女，爲了迎娶新娘，在經過的黃河邊上築了一座新臺。衛宣公見新娘很美，就把她截下，佔爲己有，這就是宣姜。衛人作此詩諷刺衛宣公。這是《毛詩序》的説法，也講得通。但詩意只是寫一個女子想嫁一個美男子，而却配了一個醜丈夫。

一

新臺有泚〔一〕，河水瀰瀰〔二〕。燕婉之求〔三〕，籧篨不鮮〔四〕。

二

新臺有洒〔五〕，河水浼浼〔六〕。燕婉之求，籧篨不殄〔七〕。

三

魚網之設〔八〕，鴻則離之〔九〕。燕婉之求，得此戚施〔一〇〕。

【注】

〔一〕泚（cǐ此），鮮明貌。

〔二〕河，黄河。瀰瀰，猶漫漫。

〔三〕燕婉，容貌俊俏的人。

〔四〕籧篨（qú-chú渠除），一種病人，腰不能彎，今語呼爲雞胸。不鮮，不漂亮。

〔五〕洒（cuǐ璀），借爲銑（xiǎn顯），金色有光澤。

〔六〕浼（měi每）浼，水盛貌。

〔七〕殄，借爲珍。《爾雅·釋詁》：「珍，美也。」

〔八〕設，置。

〔九〕鴻，不是鴻雁。聞一多《詩經通義》：「鴻即苦蠪之合音，《廣雅·釋魚》：『苦蠪，蝦蟆也。』」離，讀爲罹，魚入網也。詩以設網捕魚而得蝦蟆比喻女子想嫁美男子而配了醜夫。

〔一〇〕戚施（yì易），一種病人，腰不能直，今語呼爲駝背。

二子乘舟

衛宣公誘奸他的父妾夷姜，生子名伋，又霸佔伋的聘妻宣姜，生子名壽、名朔。宣姜要害死伋，好立她的兒子爲衛君。宣公信從她，叫伋出使齊國，預先派一批人假扮盜匪，埋伏在路上，等伋經過時把他殺死。壽把這一陰謀告訴伋，勸他逃往別國。伋不肯。當伋將乘船赴齊時，壽想替他死，來到船上，用酒把他灌醉，自己坐一隻船，載着使者的旗幟，往前走去。假盜把壽殺死。伋醒後，坐船追去，假盜又把伋殺死。衛國有人知道這一陰謀，因作此詩，抒寫爲伋、壽躭憂的情感。

一

二子乘舟〔一〕，汎汎其景〔二〕。願言思子〔三〕，中心養養〔四〕。

二

二子乘舟，汎汎其逝〔五〕。願言思子，不瑕有害〔六〕。

【注】

〔一〕二子，指伋與壽。

〔二〕汎汎，漂流貌。景，借爲潢（hàng 杭）。《説文》：「潢，以船渡也。」實即航字。

〔三〕願，念也。言，讀爲焉。

〔四〕養養，借爲恙，憂也。

〔五〕逝，往也。

〔六〕瑕，通胡，何也。此言二子不會有什麼災害吧。

鄘

柏舟

這首詩寫一個女子愛上一個青年，她的母親强迫她嫁給別人，她誓死不肯。

一

汎彼柏舟〔一〕，在彼中河〔二〕。髧彼兩髦〔三〕，實維我儀〔四〕。之死矢靡它〔五〕。母也天只〔六〕！不諒人只〔七〕！

二

汎彼柏舟，在彼河側。髧彼兩髦，實維我特〔八〕。之死矢靡慝〔九〕。母也天只！不諒人只！

【注】

〔一〕柏舟，柏木船。

〔二〕中河，即河中。

〔三〕髧（dàn 淡），頭髮下垂的樣子。髦，髮辮。古代未成年的男子頭髮編成兩個辮，或紥成兩綹，左右各一，叫作兩髦。

〔四〕維，是也。儀，配偶，如同後代所謂「伉儷」。

〔五〕之死，至死。矢，借爲誓。靡它，没有别的心思，指不嫁别人。

〔六〕只，語氣詞。

〔七〕諒，原諒。

〔八〕特，配偶。

〔九〕慝（tè 特），更改。

牆有茨

衛宣公死後，其妻宣姜與他的庶子頑公然姘居，生了三個兒子齊子、戴公、文公，兩個女兒宋桓夫人、許穆夫人（見《左傳・閔公二年》）。《毛詩序》認爲這首詩乃衛人諷刺宣姜與公子頑，也講得通。詩意很明顯是諷刺貴族統治階級荒淫無恥的生活。

一

牆有茨〔一〕，不可埽也〔二〕。中冓之言〔三〕，不可道也〔四〕。所可道也〔五〕，言之醜也。

二

牆有茨，不可襄也〔六〕。中冓之言，不可詳也〔七〕。所可詳也，言之長也。

三

牆有茨，不可束也〔八〕。中冓之言，不可讀也〔九〕。所可讀也，言之辱也。

【注】

〔一〕茨，蒺藜，蔓生，細葉，開黃花，子有三角刺。古人種蒺藜於牆上，以防盜賊。

〔二〕埽，同掃。詩以埽蒺藜則刺手比喻說「中冓之言」則污口。

〔三〕中冓，中，宮內。冓，借爲垢，污垢。又解：冓，借爲䙱，夜也。中䙱即夜中。又解：冓，借爲構，室也。中構即室中。中冓之言指宮内骯髒淫穢之事。

〔四〕道，説。

〔五〕所，若，如。

〔六〕襄，通攘，除去。

〔七〕詳，細説。又解：詳，借爲揚，宣揚。《釋文》：「韓詩作揚。」

〔八〕束，捆束。

〔九〕讀，宣揚。

君子偕老

宣姜是齊君之女，衛宣公之妻，衛惠公之母。宣公死後，她又和宣公的庶子公子頑姘居，生了三男二女。這首詩便是諷刺宣姜的淫穢。

一

君子偕老〔一〕，副笄六珈〔二〕。委委佗佗〔三〕，如山如河〔四〕。象服是宜〔五〕。子之不淑〔六〕。云如之何〔七〕？

二

玼兮玼兮〔八〕，其之翟也〔九〕。鬒髮如雲〔一〇〕，不屑髢也〔一一〕。玉之瑱也〔一二〕。象之揥也〔一三〕。揚且之皙也〔一四〕。胡然而天也？胡然而帝也〔一五〕？

三

瑳兮瑳兮〔一六〕，其之展也〔一七〕。蒙彼縐絺〔一八〕，是紲袢也〔一九〕。子之清揚〔二〇〕，揚且之顔也〔二一〕。展如之人兮〔二二〕，邦之媛也〔二三〕。

【注】

〔一〕君子，指衛宣公。偕老，夫妻偕老並不是同時老死，只是男不更娶，女不改嫁，守貞操，成爲終身伴侣而已。

〔二〕副，借爲髱，假髻。笄（jī機），簪。珈（jiā加），枝也。六珈即六枝簪子。

〔三〕委佗，顫動摇擺貌。一説：高聳貌。

〔四〕如山如河，簪子有作鳥獸形的，有作魚龍形的，所以説首飾如山如河。又解：河，疑當作阿，大嶺。

〔五〕象，借爲襐（xiàng象），鑲也。襐服，衣的周邊領袖都鑲上花邊。

〔六〕子，指宣姜。淑，賢淑，指品德。

〔七〕云，發語詞。

〔八〕玼（cǐ此），玉色鮮明貌。

〔九〕翟，一種女衣，上面繡成或織成野雞的花紋。翟是野雞的一種，長尾。

〔一〇〕鬒（zhěn 診），黑髮。一說：稠髮。

〔一一〕髢（dí 敵），假髮。

〔一二〕瑱（tiàn），耳旁的垂玉，左右各一，以絲繩繫之，繩的上端聯在首飾上，下端有穗，垂到胸部。

〔一三〕象，象牙。揥（tì 替），搔頭的簪子。

〔一四〕揚且（zǔ 祖），疑當讀爲瑒琡（chàng-chù 暢觸），都是玉名。晳（xī 西），白色。

〔一五〕胡，何也。而，讀爲如。此兩句言品德不淑的宣姜爲什麼像上天那樣崇高？像上帝那樣尊貴呢？

〔一六〕瑳（cuō 搓），玉色鮮明潔白。

〔一七〕展：一種女衣，細紗製成，上有縠粒文，丹紅色，夏天所穿。

〔一八〕蒙，蓋上。縐絺（chī 痴），都是細葛布。縐比絺更細。

〔一九〕紲（xiè 謝），借爲褻（《說文》引作褻），貼身内衣。袢（fán 煩），夏天穿的白色内衣。

〔二〇〕清，清秀。揚，借爲陽，漂亮。

〔二一〕顔，容貌。此句言她有着玉一般的容貌。

〔二二〕展，誠然。

〔一三〕媛，美女。

桑中

這是一首民歌，勞動人民（男子們）的集體口頭創作，歌唱他們的戀愛生活。並不是真有這樣的一男三女或三對男女戀愛的故事。

一

爰采唐矣〔一〕？沫之鄉矣〔二〕。云誰之思〔三〕？美孟姜矣〔四〕。期我乎桑中〔五〕，要我乎上宫〔六〕，送我乎淇之上矣〔七〕。

二

爰采麥矣？沫之北矣。云誰之思？美孟弋矣〔八〕。期我乎桑中，要我乎上宫，送我乎淇之上矣。

三

爰采葑矣〔九〕？沫之東矣。云誰之思？美孟庸矣〔一〇〕。期我乎桑中，要我乎上宫，送我乎淇之上矣。

【注】

〔一〕爰，猶焉也，何也。唐當讀爲棠，梨的一種，味甜。采唐就是摘取棠樹的果。

〔二〕沬，衛國的水名，在今河南省北部。

〔三〕云，發語詞。

〔四〕孟，長也。兄弟姊妹中的年長者稱「孟」，其次稱「仲」，其次稱「叔」，最幼稱「季」。姜，是姓。春秋時代，稱女子在她的姓上加上「孟、仲、叔、季」的字樣，如孟姜就是姜家大姑娘。

〔五〕期，約會。乎，于也。桑中，桑林裏。又解：桑中，小地名，那裏有一片桑林，適於男女幽會。

〔六〕要，通邀。上宫，衛國的小地名。

〔七〕淇，衛國水名，在今河南省北部。

〔八〕弋（yì亦），也是姓。

〔九〕葑，蘿蔔。

〔一〇〕庸，也是姓。

【附録】

注〔一〕唐，借爲棠。《爾雅·釋木》：「杜，赤棠，白者棠。」樊注：「赤者爲杜，白者爲棠。」（赤白指果實顔色）《山海經·西山經》：「崑崙之邱有木焉，其狀如棠，名曰沙棠。」郭注：「棠，梨也。」據此，棠即白梨的古名。采棠就是摘取白梨的果實。唐與棠古通用。《召南・何彼穠矣》：「唐棣之華。」《御覽》一五二引唐作棠。《論語・子罕》：「唐棣之華，偏其反而。」《春秋繁露・竹林》引唐作棠。《爾雅・釋木》：「唐棣，栘。」《文選・甘泉賦》李注引唐作棠。都是例證。

鶉之奔奔

衛宣公死，其妻宣姜公然與宣公庶子頑姘居，生了三男二女。這首詩是頑的弟弟所作，諷刺頑與宣姜的淫穢行爲。

一

鶉之奔奔〔一〕，鵲之彊彊〔二〕。人之無良〔三〕，我以爲兄〔四〕。

二

鵲之彊彊，鶉之奔奔。人之無良，我以爲君〔五〕。

【注】

〔一〕鶉，鵪鶉，雌雄有固定的配偶。奔奔，《禮記・表記》引作賁賁。奔賁皆借爲翸（bēn 奔），《玉篇・羽部》：「翸，飛貌。」翸翸，猶翩翩。又解：奔奔，跳行貌。

〔二〕鵲，喜鵲，雌雄也有固定的配偶。彊彊，《禮記・表記》引作姜姜。彊姜皆借爲翔，回環飛也。又解：彊彊，鵲鳴聲。詩以鶉鵲均有固定的配偶反比頑與宣姜亂倫姘居。

〔三〕人，指頑。

〔四〕我以爲兄，由此可證作者是頑的弟弟。頑的弟弟有公子黔牟，見《左傳·桓公十六年》，不知此詩是否黔牟所作。

〔五〕君，指宣姜。周代人也稱國君夫人爲君。《衛風·碩人》：「無使君勞。」君就是衛人稱衛莊公夫人莊姜，可證。

定之方中

狄人攻破衛國，殺死衛懿公，衛人立戴公於漕邑。不久戴公死，衛人立文公。齊桓公率諸侯兵替衛築城於楚丘，文公乃遷都於楚丘。這首詩就是敍寫文公遷都於楚丘後建築宮室，經營桑田等事。《左傳·閔公二年》：「衛文公大布之衣，大帛之冠，務材訓農，通商惠工，敬教勸學，授方任能。元年革車三十乘，季年乃三百乘。」據此，文公是一個生活樸素，發展經濟，注重教育，任用賢能，復興衛國的比較開明的統治者。

一

定之方中〔一〕，作于楚宮〔二〕。揆之以日〔三〕，作于楚室。樹之榛栗，椅桐梓漆〔四〕，爰伐琴瑟〔五〕。

二

升彼虛矣〔六〕，以望楚矣〔七〕。望楚與堂〔八〕，景山與京〔九〕，降觀于桑〔一〇〕。卜云其吉〔一一〕，終然允臧〔一二〕。

三

靈雨既零〔一三〕，命彼倌人〔一四〕，星言夙駕〔一五〕，說于桑田〔一六〕。匪直也人〔一七〕，秉心塞淵〔一八〕。騋牝三千〔一九〕。

【注】

〔一〕定，星名，又名營室。方中，黃昏時正在天中。古人在定星正中時建築房屋。

〔二〕于，讀爲爲（《文選·魏都賦》張注引于作爲）。楚宮，楚丘的宮室。

〔三〕揆，度也。古人建築房屋，立一個竿兒，測度日影，以定方向，所以說「揆之以日」。

〔四〕榛、栗、椅、桐、梓、漆，都是樹名。

〔五〕爰，乃，於是。伐，擊也，彈也。又解：伐琴瑟，伐木以造琴瑟。

〔六〕虛，古墟字，丘也。

〔七〕楚，楚丘。

〔八〕堂，衛國邑名。
〔九〕景山，大山。京，高丘也。又解：景山，山名。京，丘名。
〔一〇〕桑，桑林。
〔一一〕卜，把龜甲鑽個孔，用火烤，看它的裂紋以定吉凶，這叫作卜。卜云，卜人說。
〔一二〕允，真也。臧，善也。此句言結果是真好。
〔一三〕靈雨，好雨。零，落也。
〔一四〕命，衛文公下命令。倌人，小臣也，指車夫等。
〔一五〕星，晴也。又解：星，雨止星見。言，讀爲焉。夙，早晨。駕，駕車。
〔一六〕說（shuì 稅），停車休息。
〔一七〕匪，通彼。此言他是正直的人。
〔一八〕秉心，猶居心。塞，誠實。淵，深沉。
〔一九〕騋（lái 來），讀爲騭（zhì 質），牡馬也。此句言牡馬牝馬有三千匹。又解：馬七尺以上爲騋，騋牝即高大的牝馬。

蝃蝀

這首詩諷刺一個貴族女子的私奔行爲。

一

蝃蝀在東〔一〕，莫之敢指〔二〕。女子有行〔三〕，遠父母兄弟。

二

朝隮于西〔四〕，崇朝其雨〔五〕。女子有行，遠兄弟父母〔六〕。

三

乃如之人也〔七〕，懷昏姻也〔八〕，大無信也，不知命也〔九〕。

【注】

〔一〕蝃蝀（dì-dōng帝東），即虹。先秦人的迷信意識，認爲虹是天上一種動物，蛇類。天上出虹是這種動物雌雄交配的現象，色明者是雄虹，色暗者是雌虹，緊緊相依，便是雄雌共眠。此詩以虹出東方比喻男女私通。

〔二〕指，用手指。先秦人認爲人用手指虹，虹會使人爛指頭。

〔三〕行，出嫁。此乃指女子私奔。

〔四〕朝，早晨。隮（jī鷄），借爲霋（qī妻），雲行貌。

〔五〕崇，終了。崇朝，即一個早晨。

〔六〕父母，當作母父，傳寫誤倒。父與雨協韻，若作父母則失韻。

〔七〕如之人，像這個人。
〔八〕昏，通婚。此句説她想嫁人。
〔九〕命，天命。説她不知男婚女嫁是天命注定。又解：命，父母之命。

相鼠

衛國貴族統治階級荒淫無恥，不守禮法。衛人作這首詩諷刺他們。

一

相鼠有皮〔一〕，人而無儀〔二〕！人而無儀，不死何爲？

二

相鼠有齒，人而無止〔三〕！人而無止，不死何俟〔四〕？

三

相鼠有體，人而無禮！人而無禮，胡不遄死〔五〕？

【注】

〔一〕相，視也。詩以老鼠有皮比喻貴族也披一張人皮，實際上還不如鼠。

〔二〕儀，讀爲義。

〔三〕止，借爲恥。

〔四〕何俟，等待什麽。

〔五〕遄（chuán 傳），速，快。

【附録】

注〔二〕儀，當讀爲義，即「禮義廉恥」之義。義儀古通用。

注〔三〕止，疑借爲恥。止恥古音同，可通用。又《廣雅·釋詁》：「止，禮也。」可備一解。

干旄

衛國一個貴族乘車去看他的情人，作此詩以寫此事。

一

孑孑干旄〔一〕，在浚之郊〔二〕。素絲紕之〔三〕，良馬四之〔四〕。彼姝者子〔五〕，何以畀之〔六〕？

二

孑孑干旟〔七〕，在浚之都〔八〕。素絲組之〔九〕，良馬五之〔一〇〕。彼姝者子，何以予之？

三

孑孑干旌〔一一〕，在浚之城。素絲祝之〔一二〕，良馬六之〔一三〕。彼姝者子，何以告之〔一四〕？

【注】

〔一〕孑孑，特出貌。干，通竿（《左傳・定公九年》引作竿），旗竿。旄，一種旗竿頭上飾有氂牛尾的旗。

〔二〕浚，衛國邑名。郊，城外。

〔三〕紕（pí皮），繩帶也，指馬轡，即馬繮繩。之，語氣詞。此句言用白絲做的馬繮繩。

〔四〕四之，一車駕四匹馬。

〔五〕姝，美好。子，女子，指貴族的情人。

〔六〕畀（bì必），贈予。

〔七〕旟（yú俞），一種畫有或繡有鷹鶥之類的旗。

〔八〕都，城邑也。

〔九〕組，寬帶也，指馬繮繩。

〔一〇〕五之，一車四馬，再加上從人騎的一匹馬。

〔一〕旄，一種竿頭用五色鳥羽以爲飾的旗。

〔二〕祝，讀爲屬（zhǔ），帶也，指馬韁繩。

〔三〕六之，一車四馬，再加上從人騎的兩匹馬。

〔四〕告，講。

載馳

這首詩是許穆公夫人所作。她是衛宣姜和公子頑所生，出嫁於許穆公。狄國攻破衛國，殺死衛懿公，衛人立戴公於漕邑。不久戴公死，衛人又立文公。她知道衛國遭此浩劫，要回衛國去弔問衛君，可是封建教條不許可，許國統治者不准她去。她走到半路上被追回，因作此詩。（見《左傳·閔公二年》）

一

載馳載驅〔一〕，歸唁衛侯〔二〕。驅馬悠悠〔三〕，言至于漕〔四〕。大夫跋涉〔五〕，我心則憂。

二

既不我嘉〔六〕，不能旋反〔七〕。視爾不臧〔八〕，我思不遠〔九〕。既不我嘉，不能旋濟〔一〇〕。視爾不臧，我思不閟〔一一〕。

三

陟彼阿丘〔一二〕，言采其蝱〔一三〕。女子善懷〔一四〕，亦各有行〔一五〕。許人尤之〔一六〕，衆穉且狂〔一七〕。

四

我行其野，芃芃其麥〔一八〕。控于大邦〔一九〕，誰因誰極〔二〇〕。大夫君子〔二一〕，無我有尤〔二二〕！百爾所思〔二三〕，不如我所之〔二四〕。

【注】

〔一〕載，猶乃也，發語詞。馳、驅，車馬疾行。

〔二〕唁，弔問別人的災難或喪事。

〔三〕悠悠，遠行貌。

〔四〕言，猶爰，於是。漕，衛國邑名。

〔五〕跋，登山。涉，渡水。此言許國大夫來追她回去。

〔六〕嘉，贊成。

〔七〕旋，還。反，同返。此句指不能回衛國。

〔八〕臧，善也。此句言我看你們的主張不對。
〔九〕不遠，指不錯。
〔一〇〕濟，渡水。由許國到漕邑，要渡過不少水，所以説旋濟。
〔一一〕閟（bì必），閉也，指止息。又解：閟，讀爲紕謬之紕，錯誤。
〔一二〕陟（zhì至），登也。阿丘，丘名。
〔一三〕蝱（méng萌），一種藥草，今稱貝母。
〔一四〕善懷，多思念，指思念衛國。
〔一五〕行，道路。此句言各人有自己的道路。
〔一六〕許，許國。國都在今河南許昌。尤，指責。
〔一七〕穉，同稚，幼稚。
〔一八〕芃（péng蓬）芃，草木茂盛貌。
〔一九〕控，往告也。
〔二〇〕因，請託。極，至也。此句言衛國向誰求援，誰就能來。
〔二一〕君子，統治階級的通稱。
〔二二〕有，猶或也。此句言不要責備我。
〔二三〕百爾所思，你們有千百個主意。

〔二四〕之，往也。此句言不如我去一趟。

衞

淇奥

這是一首歌頌衞國統治貴族的詩。《毛詩序》説是歌頌衞武公（武公生於西周末年和東周初年），古書無確證。

一

瞻彼淇奥〔一〕，緑竹猗猗〔二〕。有匪君子〔三〕，如切如瑳，如琢如磨〔四〕。瑟兮僴兮〔五〕，赫兮咺兮〔六〕。有匪君子，終不可諼兮〔七〕。

二

瞻彼淇奥，緑竹青青〔八〕。有匪君子，充耳琇瑩〔九〕，會弁如星〔一〇〕。瑟兮僴兮，赫兮咺兮，有匪君子，終不可諼兮。

三

瞻彼淇奥，緑竹如簀〔一一〕。有匪君子，如金如錫，如圭如璧〔一二〕。寬兮綽兮〔一三〕，猗重較兮〔一四〕，善戲謔兮，不爲虐兮〔一五〕。

【注】

〔一〕淇，衛國水名。奥（yù郁），水曲處。

〔二〕猗猗，美盛貌。淇水邊上，漢代以前多竹，見《水經注·淇水》。

〔三〕匪，通斐（《禮記·大學》引作斐），有文彩。此句贊美貴族有文學素養。

〔四〕這二句以治骨器、玉器等比喻君子努力進修。切，用刀切斷。瑳，用鎈剉平。琢，用刀雕刻。磨，用物磨光。

〔五〕瑟，莊重。僩（xiàn現），威嚴。

〔六〕赫，明也。咺（xuān宣），借爲烜（xuān宣）（《爾雅·釋訓》引作烜），盛大。

〔七〕諼（xuān宣），忘也。

〔八〕青青，借爲菁菁，茂盛貌。

〔九〕充耳，塞耳。琇，美石。瑩，玉色光潤。古代貴族冠的左右兩邊有絲繩垂到耳旁，當耳之處繫着一塊玉石，就是充耳，玉石下還垂着長穗。

〔一〇〕會（kuài快），借爲瑥（《隋書·禮儀志》引作瑥），綴玉於冠縫也。弁，古代一種帽子，多以鹿皮製成，皮與皮相接處爲縫，綴玉於縫就是所謂瑥弁。玉是圓形，有規則地羅列着，所以説如星。

〔一一〕簀(zé 責),當讀爲柵,柵欄也。如柵形容竹密。

〔一二〕圭、璧,都是用玉製成,圭是長方形,上端尖。璧是圓形,正中有小圓孔。周代貴族在朝會時,手拿圭璧,上有不同的花紋。

〔一三〕寬,寬宏。綽,和緩。此指君子的性格。

〔一四〕猗,當作倚,依靠。重,雙也。較,古代的車有廂,前廂名轛(duì 對),左右廂名輢(yǐ 椅),後廂可竪起可放下,名軫(zhěn 診)。人從後面上車。輢上前角伸出一個彎木名較,漢人呼爲車耳,有的用銅包上,呼爲金耳。兩輢雙較,所以説重較。人立於車上,有時用手攀依左較,有時用手攀依右較,所以説猗重較。

〔一五〕虐,害也。

考　槃

這首詩是贊美一個隱居山林的賢士。

一

考槃在澗〔一〕,碩人之寬〔二〕。獨寐寤言〔三〕,永矢弗諼〔四〕。

二

考槃在阿〔五〕,碩人之薖〔六〕。獨寐寤歌,永矢弗過〔七〕。

三

考槃在陸〔八〕，碩人之軸〔九〕。獨寐寤宿，永矢弗告〔一〇〕。

【注】

〔一〕考，扣也，敲也。槃，同盤。敲盤以歌。

〔二〕碩人，身材高大的人。寬，寬宏。

〔三〕寐，睡也。寤，醒也。言，説話。此句言碩人獨寐獨寤獨言，是個孤獨人。

〔四〕矢，通誓。諼（xuān 宣），欺詐。此句言碩人的誠實。

〔五〕阿，山坡。

〔六〕薖（kē 科），當借爲果，堅決强毅。又解：薖，借爲和。

〔七〕弗過，不犯錯誤。

〔八〕陸，高平之地。

〔九〕軸，當借爲怞（zhóu 妯），明智也。

〔一〇〕告，當借爲嚳（xiào 效）。《廣雅·釋詁》：「嚳，誤也。」弗嚳與弗過同意。

碩　人

衛莊公娶齊莊公的女兒莊姜爲妻，當她出嫁初到衛國的時候，衛人唱出這個歌來贊揚她的美麗華貴。

一

碩人其頎〔一〕，衣錦褧衣〔二〕，齊侯之子，衛侯之妻，東宮之妹〔三〕，邢侯之姨〔四〕，譚公維私〔五〕。

二

手如柔荑〔六〕，膚如凝脂〔七〕，領如蝤蠐〔八〕，齒如瓠犀〔九〕，螓首蛾眉〔一〇〕，巧笑倩兮〔一一〕，美目盼兮〔一二〕。

三

碩人敖敖〔一三〕，說于農郊〔一四〕。四牡有驕〔一五〕，朱幩鑣鑣〔一六〕。翟茀以朝〔一七〕。大夫夙退〔一八〕，無使君勞〔一九〕。

四

河水洋洋〔二〇〕，北流活活〔二一〕。施罛濊濊〔二二〕，鱣鮪發發〔二三〕。葭菼揭揭〔二四〕。庶姜孽孽〔二五〕。庶士有朅〔二六〕。

【注】

〔一〕碩人，身材高大的人。頎（qí其），身長貌。

〔二〕褧(jiǒng 炯),古代女子出嫁途中穿在錦衣外面的罩衫,用麻紗做成。
〔三〕東宮,古代國君的太子住在東宫,因而稱太子爲東宫。此指齊國太子得臣。
〔四〕邢侯,邢國(今河北邢台)國君。姨,男子稱妻的姊妹爲姨。
〔五〕譚公,譚國(今山東濟南東龍山鎮附近)國君。維,是也。私,女子稱姊妹的丈夫爲私。
〔六〕荑,初生的白茅嫩芽。
〔七〕凝脂,凝結的猪油。
〔八〕領,脖頸。蝤蠐(qiú-qí 求齊),天牛的幼蟲,身長圓而白。
〔九〕瓠(hù 户)犀,葫蘆的籽,因其潔白整齊,常以比喻女子的牙齒。
〔一〇〕螓(qín 秦),蟲名,似蟬而小,額廣而方正。蛾,蠶蛾,其觸鬚細長而彎。
〔一一〕倩,笑時兩腮出現的酒渦。
〔一二〕盼,眼睛黑白分明。
〔一三〕敖敖,身材高大的樣子。
〔一四〕説(shuì 税),停車卸馬。農郊,城郊。莊姜出嫁到了衛國首都,先停在郊外,然後舉行婚禮。
〔一五〕牡,公馬。驕,馬高大也。
〔一六〕朱,紅色。幩(fén 墳),繫在馬銜兩邊的布巾或綢巾,俗語呼爲飄帶,是一種裝飾。鑣鑣，借爲飄飄。

〔一七〕翟（dí 敵），野雞。茀，遮蓋車的竹蓆。車蓆加油漆，畫上野雞，叫作翟茀。又解：翟茀，以野雞羽翎裝飾的車子。以朝，用此車朝見國君。

〔一八〕夙，早也。

〔一九〕君，周代臣對國君的夫人也稱君。此二句言衛國大夫來見莊姜，她的左右説：「大夫早點退去，不要使君太辛勞。」

〔二〇〕洋洋，水大貌。

〔二一〕活（guō 郭）活，流水聲。

〔二二〕施，設置。罛（gū 孤），魚網。濊（huò 或）濊，撒網入水聲。

〔二三〕鱣（zhān 毡），大鯉魚。鮪（wěi 委），魚名，似鯉。發（bō 撥）發，魚跳動貌。

〔二四〕葭，蘆也。菼（tǎn 坦），荻也。蘆荻相似，蘆莖較粗而中空，荻莖較細而中實。揭揭，高貌。

〔二五〕庶，衆也。庶姜，齊國陪嫁和送嫁的一些姜姓女子。孽孽，衣飾華貴貌。

〔二六〕庶士，指齊國護送莊姜的諸臣。朅（qiè 怯），健武貌。

氓

這首詩的主人是一個勞動婦女。她的丈夫原是農民。他們由戀愛而結婚，過了幾年窮苦的日子，以後家境逐漸寬裕。到她年老色衰的時候，竟被她的丈夫遺棄。詩的主要内容是回憶已往，詛咒現在，怨恨丈夫，慨嘆自己的遭遇。

一

氓之蚩蚩〔一〕，抱布貿絲〔二〕。匪來貿絲〔三〕，來即我謀〔四〕。送子涉淇〔五〕，至于頓丘〔六〕。匪我愆期〔七〕，子無良媒。將子無怒〔八〕，秋以爲期。

二

乘彼垝垣〔九〕，以望復關〔一〇〕。不見復關，泣涕漣漣〔一一〕；既見復關，載笑載言〔一二〕。爾卜爾筮〔一三〕，體無咎言〔一四〕。以爾車來，以我賄遷〔一五〕。

三

桑之未落，其葉沃若〔一六〕。于嗟鳩兮〔一七〕！無食桑葚〔一八〕！于嗟女兮！無與士耽〔一九〕！士之耽兮，猶可說也〔二〇〕；女之耽兮，不可說也。

四

桑之落矣，其黄而隕〔二一〕。自我徂爾〔二二〕，三歲食貧〔二三〕。淇水湯湯〔二四〕，漸車帷裳〔二五〕。女也不爽〔二六〕，士貳其行〔二七〕。士也罔極〔二八〕，二三其德〔二九〕。

五

三歲爲婦〔三〇〕，靡室勞矣〔三一〕。夙興夜寐〔三二〕，靡有朝矣〔三三〕。言既遂矣〔三四〕，至于暴矣〔三五〕。兄弟不知，咥其笑矣〔三六〕。静言思之〔三七〕，躬自悼矣〔三八〕。

六

及爾偕老〔三九〕，老使我怨。淇則有岸，隰則有泮〔四〇〕。總角之宴〔四一〕，言笑晏晏〔四二〕。信誓旦旦〔四三〕，不思其反〔四四〕。反是不思，亦已焉哉〔四五〕！

【注】

〔一〕氓，農民的古稱。蚩蚩，借爲嗤嗤，猶嘻嘻，笑也。

〔二〕貿，交換。

〔三〕匪，通非。

〔四〕即我，到我這裏來。謀，指計議結婚之事。

〔五〕涉，渡水。淇，衛國水名。

〔六〕頓丘，丘名。

〔七〕愆（qiān 牽），錯過，拖延。

〔八〕將，請也。

〔九〕乘，登也。垝（guǐ 鬼），壞也。垣，牆也。

〔一〇〕復，返也。關，車廂也。（《墨子・貴義》：「子墨子南遊使衛，關中載書甚多。」關即車廂。）復關，指回來的車。又解：復關，是那個男子的名。

〔一一〕涕，淚也。漣漣，淚流不斷貌。

〔一二〕載，猶則也。

〔一三〕爾，你。卜，占卜。筮（shì 誓），用蓍（shī 詩）草五十根，依法反覆排比，成卦，根據卦的形狀斷定吉凶，叫作筮。卜和筮都是古人的迷信活動。

〔一四〕體，指兆體和卦體。又解：體，幸也。咎，災也。咎言，不吉利的言辭。

〔一五〕賄，財物。指嫁妝。

〔一六〕沃若，猶沃然，潤澤貌。詩以桑樹茂盛比喻婦女年輕。

〔一七〕于，借爲吁。吁嗟，悲歎聲。鳩，布穀鳥。

〔一八〕桑葚（shèn 慎），桑的果實。鳩食桑葚則迷醉，詩以此比喻女子與男人熱戀則昏頭昏腦，辨不清好人壞人。

〔一九〕士，男子的通稱。耽（dān 丹），玩樂。

〔二〇〕説，講説。又解：説，讀爲脱，擺脱。

〔二一〕隕（yǔn 允），落下。詩以桑樹凋落比喻婦女年老色衰。

〔一二〕徂（cú），往也，指出嫁。

〔一三〕食貧，受窮吃苦。

〔一四〕湯湯，即蕩蕩，水流貌。

〔一五〕漸，水浸濕。帷裳，即現在所謂車圍子。帷，帳也。裳，裙也。車有圍子似床有帳、人有裙，所以叫作帷裳。此二句寫她被趕出後路上渡水的情況。

〔一六〕爽，差錯。

〔一七〕貳，讀爲二。二其行，行爲前後不一致。

〔一八〕罔，無也。極，借爲則，準則也。

〔一九〕二三其德，三心兩意，朝三暮四。

〔二〇〕婦，有公婆在稱婦，即現在所謂媳婦。

〔二一〕靡，無，不。室，當借爲恎（zhì 侄），怕也。

〔二二〕夙興，早起。夜寐，晚睡。

〔二三〕朝，當借爲佻，安逸。

〔二四〕言，讀爲焉，乃也。遂，成也，指家業有了成就。

〔二五〕暴，暴虐。

〔二六〕咥（xì 戲），大笑貌。

〔三七〕言，讀爲焉。
〔三八〕躬自悼，自己悲傷。
〔三九〕及，與也。
〔四〇〕隰（xí 席），低濕之地。泮（pàn 判），通畔，邊也。此二句以淇有岸、隰有泮反比她如與這樣的男人偕老將痛苦無邊。
〔四一〕總，束紮。小孩子頭髮束成兩個結，形似牛角，叫作總角。宴，快樂。此言她和他在兒童時代相處的快樂。
〔四二〕晏晏，和悦貌。
〔四三〕旦旦，誠懇貌。
〔四四〕反，另一面，指以往相愛的一面。
〔四五〕已，罷了。

竹竿

衛國一個貴族婦人，離父母家很遠，不能回去探問，因作此詩。

一

籊籊竹竿〔一〕，以釣于淇〔二〕。豈不爾思〔三〕，遠莫致之〔四〕。

二

泉源在左〔五〕，淇水在右。女子有行〔六〕，遠兄弟父母。

三

淇水在右，泉源在左。巧笑之瑳〔七〕，珮玉之儺〔八〕。

四

淇水滺滺〔九〕，檜楫松舟〔一〇〕。駕言出遊〔一一〕，以寫我憂〔一二〕。

【注】

〔一〕籊（tì惕）籊，光滑的樣子。又解：籊籊，細長貌。

〔二〕淇（qí其），衛國水名。

〔三〕爾，你們，指父母兄弟等。

〔四〕致，達到。

〔五〕泉源，衛國水名，多泉水，今名百泉。

〔六〕行，出嫁。

〔七〕之，猶其也。瑳，借爲齜（zī資），開口見齒貌。

〔八〕儺（nuó挪），佩玉動有節奏。此二句寫她强爲歡笑，散步遣愁。

〔九〕滺滺，水流貌。

〔一〇〕檜，木名，松柏之類。楫，船槳。此言檜木的楫，松木的船。

〔一一〕駕，駕船。言，讀爲焉。

〔一二〕寫，宣泄，今字作瀉。

芄蘭

周代統治階級有男子早婚的習慣。這是一個成年的女子嫁給一個約十二三歲的兒童，因作此詩表示不滿。

一

芄蘭之支〔一〕，童子佩觿〔二〕。雖則佩觿，能不我知〔三〕。容兮遂兮〔四〕，垂帶悸兮〔五〕。

二

芄蘭之葉〔六〕，童子佩韘〔七〕。雖則佩韘，能不我甲〔八〕。容兮遂兮，垂帶悸兮。

【注】

〔一〕芄（wán丸）蘭，草名，即蘿藦，多年生蔓草，可入藥。支，通枝。芄蘭的枝是尖頭的，形似古人所佩的角錐。作者以芄蘭的枝比喻她的小女壻所佩的角錐，意在形容角錐之小，以角錐之小表明小女壻身軀之小。

〔二〕觿（xī希），用骨製的小錐，頭尖尾粗，形似牛角，俗語叫作角錐，解繩結的工具，成人所佩。童子結婚，等於成人身份，所以佩角錐。

〔三〕能，猶而。知，《爾雅·釋詁》：「知，匹也。」能不我知，即不能配我。

〔四〕容，一種小刀，刃極鈍，不能割物，俗語叫作様子刀。童子結婚，只佩容刀，不佩真刀，恐怕真刀割傷他自己。遂，讀爲燧，古代取火的工具，似後代的火鏈。

〔五〕悸，因恐懼而顫動貌。此二句指童子結婚，佩帶容刀火鏈，因不習慣，下垂的帶子都在顫動。

〔六〕葉，芄蘭的葉捲曲成環，形似古人所帶的扳指。

〔七〕韘（shè涉），即扳指，用玉或骨製成，形似環而有缺口，聯以柔皮，帶在右手大拇指上，射箭時用它鉤弦拉弓，成人所佩。童子結婚，等于成人身份，所以佩扳指。

〔八〕甲，借爲狎（《釋文》：「甲，韓詩作狎。」），親昵也。能不我狎，即而不狎我，不懂得和我相親昵成夫婦之好。

河廣

作者住在衛國，離宋國不遠，僅一河之隔。他想到宋國去，但迫於環境，不能如願，因作此詩。

一

誰謂河廣〔一〕，一葦杭之〔二〕。誰謂宋遠，跂予望之〔三〕。

二

誰謂河廣，曾不容刀〔四〕。誰謂宋遠，曾不崇朝〔五〕。

【注】

〔一〕河，黄河。衛在黄河北，宋在黄河南。

〔二〕一葦，一個葦葉，比喻小船，猶言一葉扁舟。杭，通航，渡河。

〔三〕跂，通企，踮起脚尖。予，我也。此句言踮起脚尖我就看得見。

〔四〕刀，通舠，小船也。

〔五〕崇，終了。此句言一個早晨就可以到宋國。

伯兮

婦人懷念遠出的丈夫，因作此詩。

一

伯兮朅兮〔一〕，邦之桀兮〔二〕。伯也執殳〔三〕，爲王前驅〔四〕。

二

自伯之東〔五〕，首如飛蓬〔六〕。豈無膏沐〔七〕，誰適爲容〔八〕？

三

其雨其雨！杲杲出日〔九〕。願言思伯〔一〇〕，甘心首疾〔一一〕。

四

焉得諼草〔一二〕，言樹之背〔一三〕。願言思伯，使我心痗〔一四〕。

【注】

〔一〕伯，兄弟姊妹中，年長者稱伯，其次稱仲稱叔，最幼者稱季。周代婦女呼丈夫爲伯，等於現在呼哥哥。朅（qiè 怯），健武貌。

〔二〕桀，通傑，傑出的人。

〔三〕殳（shū 殊），一種兵器，長一丈多，略同後代的槊。

〔四〕王，衛人稱其國君爲王。前驅，走在前面的戰士或衛士稱前驅。即先鋒之意。

〔五〕之，往也。

〔六〕蓬，蓬草，葉細長而散亂。

〔七〕膏，潤髮的油。沐，米汁，古人洗頭用之。

〔八〕適，但也。容，修飾容貌。此句言但爲誰打扮呢？

〔九〕杲（gǎo 搞）杲，光明的狀態。此二句言她盼望丈夫回來像旱時盼望雨澤一般，可是天氣老是晴，丈夫老是不歸。

〔一〇〕願，思念殷切貌。言，讀爲焉。

〔一一〕首疾，頭痛。此句言想得頭痛也心甘。

〔一二〕焉，何也。諼（xuān 宣）草，同萱草，古人以爲此草可以忘憂，俗名忘憂草。

〔一三〕言，讀爲焉，乃也。樹，栽種。背，借爲錇（bù 部），小瓦盆。

〔一四〕痗（mèi 妹），病也。

【附録】

注〔一三〕背，《説文》：「錇，小缶也。」背錇古通用。《莊子·養生主》：「是遁天倍情。」《釋文》：「倍本作背。」便是佐證。

有狐

貧苦的婦人看到剥削者穿着華貴衣裳，在水邊逍遥散步，而自己的丈夫光着身子在田野勞動，滿懷憂憤，因作此詩。

一

有狐綏綏〔一〕，在彼淇梁〔二〕。心之憂矣，之子無裳〔三〕。

二

有狐綏綏，在彼淇厲〔四〕。心之憂矣，之子無帶。

三

有狐綏綏，在彼淇側。心之憂矣，之子無服。

【注】

〔一〕綏綏，遲遲，慢慢地走。

〔二〕淇，衛國水名。梁，橋梁。詩以狐象徵剥削者。這是寫一個剥削者穿着華貴衣裳，在淇水邊逍遥散步，不是寫真狐。

〔三〕之子，這個人，指作者的丈夫。裳，下身的衣服。

〔四〕厲，借爲瀨（lài賴），河邊水淺的地方。

【附録】

注〔一〕狐，周代人認爲狐是妖淫的獸，作者用狐比喻蹂躪自己的奴隸主。《説文》：「狐，妖獸也。」《周易·未濟》：「小狐汔濟，濡其尾。」《集解》引干寶曰：「狐，野獸之妖者。」《邶風·北風》：「莫赤匪狐，莫黑非烏。」這是用狐狸和烏鴉比喻統治者，也因爲狐是妖淫的獸，才這樣比。《詩經》中最顯著的是《齊風·南山》：「南山崔崔，雄狐綏綏。魯道有蕩，齊子由歸。」這首詩是用妖淫的狐狸比喻私通他的同父異母妹妹文姜的齊襄公。試看《南山》的「雄狐綏綏」和此詩的「有狐綏綏」差不多字句全同，以《南山》爲例，可見此詩的狐當是比喻妖淫的奴隸主。此詩的作者及其丈夫，都是奴隸，奴隸主對於奴隸的妻子，是可以任意蹂躪的。

注〔四〕厲，俞樾《羣經平議》：「厲者瀨之假字，《説文》：『瀨，水流沙上也。』」

木瓜

這首詩是説，有人贈我以小物，我報他（她）以珍品，並不是報答，而是永結恩情的表示。可能是男女的戀歌。

一

投我以木瓜〔一〕，報之以瓊琚〔二〕。匪報也〔三〕，永以爲好也。

二

投我以木桃〔四〕，報之以瓊瑶〔五〕。匪報也，永以爲好也。

三

投我以木李〔六〕，報之以瓊玖〔七〕。匪報也，永以爲好也。

【注】

〔一〕投，給予。木瓜，木瓜樹的果實，似小瓜，淡黄色，味酸帶澀，有香氣。

〔二〕瓊，美玉。琚，一種佩玉。瓊琚，珍美的琚。

〔三〕匪，通非。

〔四〕木桃，即桃子。

〔五〕瑶，一種佩玉。

〔六〕木李，即李子。

〔七〕玖，一種佩玉。

王

黍　離

周幽王殘暴無道，犬戎攻破鎬京，殺死幽王。平王東遷洛邑，是爲東周。東周初年，有王朝大夫到鎬京來，見到宗廟宮殿均已毁壞，長了莊稼，不勝感慨，因作此詩。

一

彼黍離離〔一〕，彼稷之苗〔二〕。行邁靡靡〔三〕，中心摇摇〔四〕。知我者，謂我心憂；不知我者，謂我何求〔五〕。悠悠蒼天〔六〕，此何人哉〔七〕？

二

彼黍離離，彼稷之穗。行邁靡靡，中心如醉。知我者，謂我心憂；不知我者，謂我何求。悠悠蒼天，此何人哉？

三

彼黍離離，彼稷之實。行邁靡靡，中心如噎〔八〕。知我者，謂我心憂；不知我者，謂我何求。悠悠蒼天，此何人哉？

【注】

〔一〕離離，繁茂貌。

〔二〕稷，俗稱穀子，其實稱小米。

〔三〕邁，也是行。靡靡，步行遲緩貌。

〔四〕摇摇，心神不定。

〔五〕何求，找什麽東西。
〔六〕悠悠，遥遠。蒼天，青天。
〔七〕此，指把宗廟宫殿變爲黍稷這件事，即是使西周王朝滅亡這件事。又解：此，借爲呰，指責。呰何人哉，指責什麽人呢？
〔八〕噎，食物堵住喉間。

君子于役

這首詩抒寫了妻子懷念在外服役的丈夫的心情。

一

君子于役〔一〕，不知其期。曷至哉〔二〕？雞棲于塒〔三〕，日之夕矣，羊牛下來。君子于役，如之何勿思！

二

君子于役，不日不月〔四〕。曷其有佸〔五〕？雞棲于桀〔六〕，日之夕矣，羊牛下括〔七〕。君子于役，苟無飢渴〔八〕。

【注】

〔一〕于，往也。于役，去服徭役。

〔二〕曷，何也。此言何時回來。

〔三〕塒，雞窩。

〔四〕不日不月，指没有限定日數月數。

〔五〕佸（huó活），相會。

〔六〕桀，雞棲的木架。

〔七〕括，至，來。

〔八〕苟，或也。

君子陽陽

這是寫統治階級奏樂跳舞的詩。

一

君子陽陽〔一〕，左執簧〔二〕，右招我由房〔三〕。其樂只且〔四〕。

二

君子陶陶〔五〕，左執翿〔六〕，右招我由敖〔七〕。其樂只且。

【注】

〔一〕君子，統治階級的通稱。陽陽，即洋洋，喜也。

〔二〕左，指左手。簧，樂器名，疑是搖鼓，有柄可執，搖而鼓之。《秦風・車鄰》：「並坐鼓簧。」《小雅・鹿鳴》：「吹笙鼓簧。」可證簧是可鼓的樂器。

〔三〕右，指右手。由，從也。房，房屋。

〔四〕只且，猶也哉，均是語氣詞。

〔五〕陶陶，樂也。

〔六〕翿（dào道），一種舞具，以鳥羽編成，形似扇子。

〔七〕敖，舞的位置。

揚之水

周平王東遷以後，楚國强大起來，時時侵犯申、吕、許等小國。平王因爲和申國等有裙帶關係，（平王的母親是申侯的女兒，吕與許不詳。）强迫徵發東周境内人民，到這三個國家去幫助守邊。擔任這種兵役的勞動人民唱出這個歌，以示反抗。

一

揚之水〔一〕，不流束薪〔二〕。彼其之子〔三〕，不與我戍申〔四〕。懷哉懷哉〔五〕！曷月予還歸哉〔六〕？

二

揚之水，不流束楚〔七〕。彼其之子，不與我戍甫〔八〕。懷哉懷哉！曷月予還歸哉？

三

揚之水，不流束蒲〔九〕。彼其之子，不與我戍許〔一〇〕。懷哉懷哉！曷月予還歸哉？

【注】

〔一〕揚，當借爲滎，《説文》：「滎，絶小水也。」即小水溝。

〔二〕不流，流不動。束薪，一捆柴。詩以小水流不動束薪比喻東周國弱無力幫助別國。下兩章同。

〔三〕彼其之子，他們這些人，指統治階級。其是語助詞。

〔四〕戍，守衛。申，國名，國君姓姜。國都在今河南唐河縣境内。

〔五〕懷，思念。又解：懷，悲傷。

〔六〕曷，何也。

〔七〕楚，一種叢木，即荆條。

〔八〕甫，讀爲吕，國名，國君姓姜，國都在今河南南陽縣境内。

〔九〕蒲，草名，今語叫作蒲草。

〔一〇〕許，國名，國君姓姜，國都即今河南許昌。

中谷有蓷

婦人被丈夫遺棄，作此詩以自悼，或是有人作此詩以悼之。

一

中谷有蓷〔一〕，暵其乾矣〔二〕。有女仳離〔三〕，嘅其嘆矣〔四〕。嘅其嘆矣，遇人之艱難矣〔五〕。

二

中谷有蓷，暵其脩矣〔六〕。有女仳離，條其歗矣〔七〕。條其歗矣，遇人之不淑矣〔八〕。

三

中谷有蓷，暵其溼矣〔九〕。有女仳離，啜其泣矣〔一〇〕。啜其泣矣，何嗟及矣〔一一〕。

【注】

〔一〕中谷，谷中。蓷（tuī推），草名，又名益母草。

〔二〕暵(hàn漢),乾枯。其,語助詞,下文均同。詩以蓷草生於谷中濕地而乾枯比喻女子被棄處於困境而顛頷。

〔三〕仳(pǐ痞),別離離也。

〔四〕嘅,同慨,感慨。

〔五〕遇人之艱難,指嫁夫得到的痛苦。

〔六〕脩,乾也。

〔七〕條,嘯聲。歗,同嘯。此是悲嘯。

〔八〕淑,善也,良也。

〔九〕溼,借爲隰(qì泣),乾也。

〔一〇〕啜,哭泣時的抽噎。

〔一一〕何嗟及矣,當作嗟何及矣。嗟,悲歎聲。

兔爰

周王朝東遷以後,社會進入戰爭變亂的時代,統治階級與被統治階級的矛盾鬥争,統治階級内部的矛盾鬥争,都異常尖鋭。在鬥争中,有的統治者失去爵位土地而没落。這首詩就是一個没落貴族的哀吟。

一

有兔爰爰〔一〕，雉離于羅〔二〕。我生之初尚無爲〔三〕，我生之後逢此百罹〔四〕。尚寐無吪〔五〕。

二

有兔爰爰，雉離于罦〔六〕。我生之初尚無造〔七〕，我生之後逢此百憂。尚寐無覺。

三

有兔爰爰，雉離于罿〔八〕。我生之初尚無庸〔九〕，我生之後逢此百凶。尚寐無聰〔一〇〕。

【注】

〔一〕爰爰，猶緩緩，慢慢走。

〔二〕雉，野雞。離，遭逢，碰到。羅，網。

〔三〕無爲，無所作爲，清閑自在。

〔四〕罹，憂患。

〔五〕寐，睡着。吪（é訛），動也。此句言但願從此睡去不動。

〔六〕罦（fú浮），一種裝設機關的網，能自動掩捕鳥獸，又稱覆車網。

〔七〕造，作也，爲也。

〔八〕罿（tóng 童），捕鳥網。

〔九〕庸，勞也。

〔一〇〕聰，聽也。

葛藟

這是一首流浪他鄉的乞人歌。

一

緜緜葛藟〔一〕，在河之滸〔二〕。終遠兄弟〔三〕，謂他人父〔四〕。謂他人父，亦莫我顧〔五〕。

二

緜緜葛藟，在河之涘〔六〕。終遠兄弟，謂他人母。謂他人母，亦莫我有〔七〕。

三

緜緜葛藟，在河之漘〔八〕。終遠兄弟，謂他人昆〔九〕。謂他人昆，亦莫我聞〔一〇〕。

【注】

〔一〕緜緜，連綿不斷的樣子。葛藟（lěi 壘），葛藤。
〔二〕滸，水邊。
〔三〕終，既也。
〔四〕謂，呼也。
〔五〕顧，看也。此句言富人們都不看我一眼。
〔六〕涘（sì 似），水邊。
〔七〕有，借爲佑，助也。
〔八〕漘（chún 脣），水邊。
〔九〕昆，兄也。
〔一〇〕莫我聞，指假裝聽不見我的呼聲。

采葛

這是一首勞動人民的戀歌，它寫男子對於采葛、采蕭、采艾的女子，懷着無限的熱愛。

一

彼采葛兮〔一〕，一日不見，如三月兮。

二

彼采蕭兮〔二〕，一日不見，如三秋兮〔三〕。

三

彼采艾兮〔四〕，一日不見，如三歲兮。

【注】

〔一〕彼，她也。葛，葛的纖維可以織布。

〔二〕蕭，一種蒿子，白莖白葉，有香氣，可以包墊肉食，古人祭祀時用之。

〔三〕三秋，猶言三年。

〔四〕艾，可以做藥品，燃起可薰蚊子。

大車

這首詩的主人是個婦女，她們夫妻被迫離異。詩中寫她和丈夫同車而行，（當是他送她回娘家去）她鼓勵丈夫同她逃往別處，並自誓決不改嫁。

一

大車檻檻〔一〕，毳衣如菼〔二〕。豈不爾思〔三〕，畏子不敢〔四〕。

二

大車哼哼〔五〕，毳衣如璊〔六〕。豈不爾思，畏子不奔〔七〕。

三

穀則異室〔八〕，死則同穴〔九〕。謂予不信，有如皦日〔一〇〕。

【注】

〔一〕檻檻，車行聲。

〔二〕毳（cuì脆），細毛。毳衣，細毛織的上衣。菼（tǎn坦），初生的蘆荻。如菼言衣是嫩緑色，指女子所穿。

〔三〕爾，你，指她的丈夫。此句是説：難道是不想你。

〔四〕子，你，指她的丈夫。此句是説：怕你有所不敢。

〔五〕哼（tūn吞）哼，車行顛簸貌，即因路不平，車走一頓一頓的樣子。

〔六〕璊，借爲穈（mén門），穀之一種，苗是赤色。如穈言衣是紅色，指男子所穿。古代女子穿緑衣，男子穿紅衣，所以説「紅男緑女」。

〔七〕奔，逃走。

〔八〕穀，活着。異室，不得同居一室。

〔九〕同穴，合葬一個墓穴。夫妻離異，不得同居，但男不另娶，女不改嫁，死後仍得合葬。

〔一〇〕如，猶彼也。皦，同皎，白也。此二句是説：你如果説我不能實踐諾言，有那白日作證。

丘中有麻

一個没落貴族因生活貧困，向有親友關係的貴族劉氏求助，得到一點小惠，因作此詩述其事。

一

丘中有麻〔一〕，彼留子嗟〔二〕。彼留子嗟，將其來施施〔三〕。

二

丘中有麥，彼留子國〔四〕。彼留子國，將其來食〔五〕。

三

丘中有李，彼留之子〔六〕。彼留之子，貽我佩玖〔七〕。

【注】

〔一〕丘，土丘。

〔二〕留，讀爲劉。劉原是邑名，周王封其宗族於劉邑，因而以劉爲氏。劉氏是東周王朝的一個貴族，世襲爲大夫，有人被封爲公。清人阮元所著《積古齋鐘鼎款識》載有「留公簠」，留公就是劉公。子嗟，劉氏有一人字子嗟。

〔三〕將，請也。一說：將，發語詞。施施，疑衍一個施字。《顏氏家訓·書證》：「江南舊本悉單爲施。」應據改。施，施捨也。將其來施，請求子嗟來資助他。

〔四〕子國，劉氏另有一人字子國。

〔五〕食(sì四)，通飼，給人以食物吃。

〔六〕彼留之子，那劉氏的人們，指子嗟和子國。

〔七〕貽，贈予。玖，一種似玉的淺黑色石，可以琢磨成佩飾。

鄭

緇衣

鄭國某一統治貴族遇有賢士來歸，則爲他安排館舍，供給衣食，並親自去看他。這首詩就是敍寫此事，所以《禮記·緇衣》說：「好賢如《緇衣》。」

一

緇衣之宜兮〔一〕，敝，予又改爲兮〔二〕。適子之館兮〔三〕，還，予授子之粲兮〔四〕。

二

緇衣之好兮，敝，予又改造兮。適子之館兮，還，予授子之粲兮。

三

緇衣之蓆兮〔五〕，敝，予又改作兮。適子之館兮，還，予授子之粲兮。

【注】

〔一〕緇，黑色。宜，稱身，合體。

〔二〕敝，破也。改爲，另製新衣。

〔三〕適，往也。館，同舘，宿舍。此句言我到你的舘舍來。

〔四〕還，回去。授，給予。粲，讀爲餐。

〔五〕蓆，寬大。

將仲子

這是一首戀歌，寫一個女子勸告她的戀人不要夜裏跳牆來和她相會，怕她的父母和哥哥們會指責她，也怕旁人會議論她。

一

將仲子兮〔一〕！無踰我里〔二〕！無折我樹杞〔三〕！豈敢愛之〔四〕，畏我父母。仲可懷也〔五〕，父母之言，亦可畏也。

二

將仲子兮！無踰我牆！無折我樹桑！豈敢愛之，畏我諸兄。仲可懷也，諸兄之言，亦可畏也。

三

將仲子兮！無踰我園！無折我樹檀〔六〕！豈敢愛之，畏人之多言。仲可懷也，人之多言，亦可畏也。

【注】

〔一〕將，請。一説：將，發語詞。仲，兄弟行列在第二的稱仲。
〔二〕踰，跳過。里，廬也，即宅院。
〔三〕折，踩斷。杞，木名，柳屬。
〔四〕之，指杞樹。

〔五〕懷，思念。
〔六〕檀，木名。

叔于田

鄭莊公的弟弟太叔段，勇敢有才能，莊公封他於京，他要進攻莊公，奪取統治寶座。莊公發兵討伐，他戰敗後逃往別國（事見《左傳·隱公元年》）。段的擁護者作此詩讚諛他。

一

叔于田〔一〕，巷無居人。豈無居人，不如叔也，洵美且仁〔二〕。

二

叔于狩〔三〕，巷無飲酒〔四〕。豈無飲酒，不如叔也，洵美且好〔五〕。

三

叔適野〔六〕，巷無服馬〔七〕。豈無服馬，不如叔也，洵美且武。

【注】

〔一〕叔，鄭人稱段爲叔。于，往。田，打獵。

〔二〕洵，確實，真的。
〔三〕狩，打獵。
〔四〕飲酒，指飲酒的人。
〔五〕好，指品德好。
〔六〕適，往也。
〔七〕服馬，指駕馭馬的人。

大叔于田

這是太叔段的擁護者讚諛段打獵的詩。（參看前篇《叔于田》。鄭人也稱段爲大叔，所以篇名加個大字以區別前篇。大通太。）

一

叔于田〔一〕，乘乘馬〔二〕。執轡如組〔三〕，兩驂如舞〔四〕。叔在藪〔五〕，火烈具舉〔六〕。襢裼暴虎〔七〕，獻于公所〔八〕。將叔無狃〔九〕，戒其傷女〔一〇〕。

二

叔于田，乘乘黄〔一一〕。兩服上襄〔一二〕，兩驂雁行〔一三〕。叔在藪，火烈具揚。叔善射忌〔一四〕，又良御忌〔一五〕，抑磬控忌〔一六〕，抑縱送忌〔一七〕。

三

叔于田，乘乘鴇〔一八〕。兩服齊首〔一九〕，兩驂如手〔二〇〕。叔在藪，火烈具阜〔二一〕。叔馬慢忌，叔發罕忌〔二二〕，抑釋掤忌〔二三〕，抑鬯弓忌〔二四〕。

【注】

〔一〕叔，鄭人稱段爲叔。于，往。田，打獵。

〔二〕乘乘馬，上乘字，駕也。下乘字，馬四匹爲一乘。

〔三〕轡，馬繮繩。組，用絲織的帶子。

〔四〕驂，周代的車，當中一個獨轅，叫作輈。輈的左右各套兩馬，共四馬。內兩馬稱服，外兩馬稱驂。

〔五〕藪，有淺水和茂草的大澤。

〔六〕火烈，火炬。一説：烈，借爲列。火列，火的行列。具，通俱。獵人舉起火炬，焚燒草木，則鳥獸驚駭而出。

〔七〕襢（《釋文》：「襢本又作袒。」）裼（xī錫），赤膊。暴虎，空手搏虎。

〔八〕公，指鄭莊公。所，處所。

〔九〕將，請也。狃（niǔ紐），習以爲常，掉以輕心。
〔一〇〕女，通汝。
〔一一〕黄，指黄馬。
〔一二〕襄，借爲驤，馬頭昂起。
〔一三〕雁行，指馬排成横列如雁飛成行。
〔一四〕忌，語氣詞。
〔一五〕御，駕車。
〔一六〕抑，發語詞。磬，借爲勁，力也。控，引轡以制馬爲控。勁控即用力勒馬。
〔一七〕縱送，縱轡放馬而行。
〔一八〕鴇（bǎo保），通駂，黑白雜毛的馬。
〔一九〕齊首，齊頭並進。
〔二〇〕如手，指兩旁的驂馬如人之左右手。
〔二一〕阜，旺盛。
〔二二〕發，射箭。罕，少也。
〔二三〕釋，解下。掤（bīng冰），箭筒的蓋子。
〔二四〕鬯（chàng唱），通韔，盛弓的袋。鬯弓，把弓放進袋中。

清人

狄人攻破衛國，鄭文公憎惡他的大臣高克，以防備狄寇爲名，命高克領兵駐扎黃河邊上。經過很長時間，不調軍隊回來，士兵們整天無事，玩樂遨遊，乃唱出這首歌，來諷刺統治者。後來這個軍隊潰散了，高克也逃亡去陳國。事見《左傳·閔公二年》。

一

清人在彭〔一〕，駟介旁旁〔二〕，二矛重英〔三〕，河上乎翱翔〔四〕。

二

清人在消〔五〕，駟介麃麃〔六〕，二矛重喬〔七〕，河上乎逍遥。

三

清人在軸〔八〕，駟介陶陶〔九〕，左旋右抽〔一〇〕，中軍作好〔一一〕。

【注】

〔一〕清，鄭國邑名，在今河南中牟縣西。當是高克所封之地。清人，高克所領的清邑士兵。彭，鄭國地名，在黃河邊上。

〔二〕駟，一車駕四馬。介，甲也。此指馬披甲。旁旁，同彭彭，馬强壯有力貌。

〔三〕英，纓也。車上插着兩矛，矛上各有兩層纓。

〔四〕河，黃河。翱翔，指士兵們駕車遨遊。

〔五〕消，鄭國地名，在黃河邊上。

〔六〕麃（biāo標）麃，勇武貌。

〔七〕喬，借爲鷮（《釋文》：「喬韓詩作鷮。」），野雞的一種。此言以鷮羽爲矛纓。

〔八〕軸，鄭國地名。

〔九〕陶陶，驅馳貌。

〔一〇〕旋，轉也。抽，借爲迪，進也。旋進都是寫車馬競走。又解：抽，借爲搯，《說文》引作搯，云：「抽刃以習擊刺也。」

〔一一〕中軍，軍中。好，玩也。作好，戲玩。

羔　裘

這是讚諛貴族統治者的詩。

一

羔裘如濡〔一〕，洵直且侯〔二〕。彼其之子〔三〕，舍命不渝〔四〕。

〔六〕魗（chóu 籌），通醜，棄也。
〔七〕好，好友。

女曰雞鳴

這首詩敘寫士大夫階層中一對夫婦的生活。通篇用對話形式。

一

女曰雞鳴。士曰昧旦〔一〕。子興視夜〔二〕。明星有爛〔三〕。將翱將翔〔四〕，弋鳧與雁〔五〕。

二

弋言加之〔六〕，與子宜之〔七〕。宜言飲酒，與子偕老〔八〕。琴瑟在御〔九〕，莫不靜好〔一〇〕。

三

知子之來之〔一一〕，雜佩以贈之〔一二〕。知子之順之〔一三〕，雜佩以問之〔一四〕。知子之好之〔一五〕，雜佩以報之。

【注】

〔一〕士，男子的通稱。昧旦，天將明而猶昧。又解：昧，當作未。未旦，天未亮。
〔二〕子，你。興，起來。視夜，察看夜色。此句是女子所説。
〔三〕爛，明亮。此句是男子所説，言天上尚有星光。
〔四〕翱翔，此指人的行動。
〔五〕弋，射之一種，箭尾繫有絲繩。鳧，野鴨。
〔六〕言，讀爲焉，而也。加，箭加於鳥身，即射中。
〔七〕宜，烹調食物。
〔八〕偕，同也。
〔九〕御，用也。琴瑟在用，言夫婦彈琴鼓瑟。
〔一〇〕静好，指生活安静美好。
〔一一〕來，借爲勑。《説文》：「勑，勞也。」勤勞，此句言知道你打獵勤勞。
〔一二〕雜佩，古代貴族腰間佩帶珠玉等物，所以説雜佩。女子弄好雜佩，給男子繫上，做爲贈品。
〔一三〕順，柔順，指男子的性格。
〔一四〕問，饋贈。

〔一五〕好，喜愛雜佩，指男子的愛好。

有女同車

一個貴族男子與一個姓姜的貴族美女同車而行，作這首詩來讚揚她。

一

有女同車，顏如舜華〔一〕。將翺將翔〔二〕，佩玉瓊琚〔三〕。彼美孟姜〔四〕，洵美且都〔五〕。

二

有女同行，顏如舜英〔六〕。將翺將翔，佩玉將將〔七〕。彼美孟姜，德音不忘〔八〕。

【注】

〔一〕舜，木名，又名木槿，葉互生，開大形五瓣花，有白紅淡紫等色。華，古花字。

〔二〕翺翔，指遨遊。

〔三〕瓊，美玉。琚，一種佩玉名。此指女子身上的佩玉。

〔四〕孟，長女稱孟。姜，姓也。

〔五〕洵，確實，真的。都，文雅。

〔六〕英，花也。
〔七〕將將，同鏘鏘，象聲詞。
〔八〕德音，好聲譽。

山有扶蘇

一個姑娘到野外去，没見到自己的戀人，却遇着一個惡少來調戲她。又解：此乃女子戲弄她的戀人的短歌，笑駡之中含蘊着愛。

一

山有扶蘇〔一〕，隰有荷華〔二〕。不見子都〔三〕，乃見狂且〔四〕。

二

山有橋松〔五〕，隰有游龍〔六〕。不見子充〔七〕，乃見狡童。

【注】

〔一〕扶蘇，木名，又名樸樕，一種不成材的小樹。詩以扶蘇比喻惡少。
〔二〕隰（xí席），低濕之地。華，古花字。詩以荷花比喻戀人。
〔三〕子都，鄭國的美男子。此代指戀人。

〔四〕且，借爲狙（jū居），獼猴。狂狙，代指惡少。
〔五〕橋，通喬，高也。
〔六〕游，游動。龍，借爲蘢，水草名，即水葒。
〔七〕子充，鄭國的美男子。此代指戀人。

【附録】

注〔四〕且，借爲狙。且狙同聲系，古通用，《説文》：「狙，玃屬，玃，母猴也。」《廣雅・釋獸》：「狙，獼猴也。」

蘀兮

詩的主人公是女子，她要求男人們一起唱歌。青年人常有這種事情，不一定有戀愛的意味。

一

蘀兮蘀兮〔一〕，風其吹女〔二〕。叔兮伯兮〔三〕，倡！予和女〔四〕。

二

蘀兮蘀兮，風其漂女〔五〕。叔兮伯兮，倡！予要女〔六〕。

【注】

〔一〕蘀，借爲檡（tuò 拓），木名，質堅硬，落葉晚。（《豳風·七月》、《小雅·鶴鳴》均有蘀字，義同。）

〔二〕女，通汝。指檡木。

〔三〕叔、伯，均同輩之稱，叔猶弟弟，伯猶哥哥。

〔四〕倡，亦作唱。始歌爲唱，隨歌爲和。

〔五〕漂，通飄。

〔六〕要，邀請。

狡童

一對戀人偶而産生矛盾，女方爲之寢食不安。

一

彼狡童兮〔一〕，不與我言兮。維子之故〔二〕，使我不能餐兮。

二

彼狡童兮，不與我食兮〔三〕。維子之故，使我不能息兮。

【注】

〔一〕彼，那個。

〔二〕子，指狡童。

〔三〕不與我食，指不和我在一起吃飯。

褰裳

一個女子告誡她的戀人説，你不愛我，我就愛别人。這是情人之間的戲謔之詞。

一

子惠思我〔一〕，褰裳涉溱〔二〕；子不我思〔三〕，豈無他人。狂童之狂也且〔四〕！

二

子惠思我，褰裳涉洧〔五〕；子不我思，豈無他士〔六〕。狂童之狂也且！

【注】

〔一〕子，你。惠，讀爲維。一説：惠，愛也。

〔二〕褰，用手提起。裳，裙子。涉，徒步過河。溱，鄭國水名，源出河南密縣，下與洧水合流。

〔三〕我思，思我。

〔四〕也且，猶也哉，語氣詞。
〔五〕洧（wěi委），鄭國水名。即今河南雙洎河。
〔六〕士，男子的通稱。

丰

一個男子向女的求婚，她不睬理。不久，她後悔了，表示願意嫁他。

一

子之丰兮〔一〕，俟我乎巷兮〔二〕。悔予不送兮〔三〕。

二

子之昌兮〔四〕，俟我乎堂兮。悔予不將兮〔五〕。

三

衣錦褧衣，裳錦褧裳〔六〕。叔兮伯兮〔七〕，駕予與行〔八〕。

四

裳錦褧裳，衣錦褧衣。叔兮伯兮，駕予與歸。

【注】

〔一〕子，你。丰，容貌豐滿。

〔二〕俟，等待。乎，於也。

〔三〕予，我。

〔四〕昌，盛壯美好貌。

〔五〕將，迎也。又解：將，送也。

〔六〕褧（jiǒng 炯），用麻紗做的單罩衣。此二句言她穿好衣裳，準備出嫁。

〔七〕叔、伯，均是同輩之稱，叔猶弟弟，伯猶哥哥。

〔八〕駕予與行，我和這個人一同坐車走。

東門之墠

女的和男的住處很近，而不常見面，女方希望男子到她家裏來。

一

東門之墠〔一〕，茹藘在阪〔二〕。其室則邇〔三〕，其人甚遠。

二

東門之栗〔四〕，有踐家室〔五〕。豈不爾思，子不我即〔六〕。

【注】

〔一〕之，猶有。墠（shàn 善），平地也。

〔二〕茹藘，即茜草，其根可以作絳紅色染料。阪，坡也。

〔三〕其，指男子。邇，近。

〔四〕栗，栗樹。

〔五〕踐，排列整齊。家室，房屋。

〔六〕子，你，指男子。即，到這裏來。此句言你不到我這裏來。一般情況，男女戀愛，男到女家相會，因而知道這詩的主人公是女子。

風雨

在一個風雨如晦、雞鳴不已的早晨，妻子與丈夫久別重逢，不禁流露出無限喜悦的心情。又解：這是寫女子與情人夜間幽會的詩。

一

風雨淒淒，雞鳴喈喈〔一〕。既見君子〔二〕，云胡不夷〔三〕！

二

風雨瀟瀟〔四〕，雞鳴膠膠〔五〕。既見君子，云胡不瘳〔六〕！

三

風雨如晦〔七〕，雞鳴不已〔八〕。既見君子，云胡不喜！

【注】

〔一〕喈喈，雞鳴聲。

〔二〕君子，統治階級的婦人稱丈夫爲君子。

〔三〕云胡，如何。夷，通怡，喜悦。

〔四〕瀟瀟，形容風雨急驟。

〔五〕膠膠，雞鳴聲。

〔六〕瘳（chōu 抽），借爲憀，樂也。

〔七〕晦，黑暗。

〔八〕已，止也。

子衿

這是一首女子思念戀人的短歌。

一

青青子衿〔一〕，悠悠我心〔二〕。縱我不往〔三〕，子寧不嗣音〔四〕？

二

青青子佩〔五〕，悠悠我思。縱我不往，子寧不來？

三

挑兮達兮〔六〕，在城闕兮〔七〕。一日不見，如三月兮。

【注】

〔一〕子，你。衿，古代衣服的交領。

〔二〕悠悠，憂思貌。

〔三〕縱，雖然。

〔四〕寧，讀爲能，難道，何不。嗣，借爲貽（《釋文》引《韓詩》作詒），給予。此句言你爲何不給我寄個音信？

〔五〕佩，佩玉。男子佩着青玉。

〔六〕挑達，借爲跳躂，歡躍貌。

〔七〕闕，城門兩邊的高臺。此二句寫她望見男子在城闕上遊玩。

有一邊的三條絲繩有穗，結後則垂下，即此處的三英。粲，鮮明也。

〔一〇〕彥，美士稱彥，俊傑也。

遵大路

這是一首戀歌，男子（或女子）請求女子（或男子）不要與他（或她）絶交。

一

遵大路兮〔一〕，摻執子之袪兮〔二〕。無我惡兮〔三〕，不寁故也〔四〕。

二

遵大路兮〔五〕，摻執子之手兮。無我魗兮〔六〕，不寁好也〔七〕。

【注】

〔一〕遵，循。

〔二〕摻執，拉住。子，你。袪（qū區），袖口。

〔三〕無，勿。惡，憎惡。

〔四〕寁（jié捷），借爲接。故，故人。此二句實一句，言你不要憎惡我就不接近故人。

〔五〕王引之《經傳釋詞》：「路，當作道，與下文魗、好協韻。」

二

羔裘豹飾〔五〕，孔武有力〔六〕。彼其之子，邦之司直〔七〕。

三

羔裘晏兮〔八〕，三英粲兮〔九〕。彼其之子，邦之彦兮〔一〇〕。

【注】

〔一〕羔裘，羔羊皮襖。如，乃也。濡，柔而有光澤。

〔二〕洵，確實，真的。侯，美也。侯與好是一聲的轉變。

〔三〕彼其之子，他這個人。其是語助詞。

〔四〕舍，借爲捨。渝，改變。此句言捨出生命也不變節。一說：舍，施也。命，命令。言執行君上的命令不改樣。

〔五〕豹飾，以豹皮爲飾。古人的皮襖毛在外面，有的袖口用豹皮爲飾。

〔六〕孔，甚也。

〔七〕司，主也。司直，即主持直道的人。一說：司直，官名，諫止君上過失的官。

〔八〕晏，鮮豔。

〔九〕英，纓也。古人的皮襖是對襟，中間兩邊各縫上三條絲繩，穿時結上，等於現在的紐扣，

揚之水

兄弟二人，弟聽信別人挑撥離間的謊言，與兄發生衝突；兄作此詩來勸告他。（或作者是弟。）

一

揚之水〔一〕，不流束楚〔二〕。終鮮兄弟〔三〕，維予與女〔四〕。無信人之言，人實迋女〔五〕。

二

揚之水，不流束薪〔六〕。終鮮兄弟，維予二人。無信人之言，人實不信〔七〕。

【注】

〔一〕揚，當借爲滎，小水溝。

〔二〕楚，一種叢木，即荊條。

〔三〕終，既也。鮮，少也。

〔四〕女，通汝。

〔五〕迋（kuáng狂），借爲誑，欺騙。

〔六〕薪，柴也。

〔七〕不信，不誠實。

出其東門

這首詩是一個男子對愛情忠貞不二的自白。

一

出其東門，有女如雲〔一〕。雖則如雲，匪我思存〔二〕。縞衣綦巾〔三〕，聊樂我員〔四〕。

二

出其闉闍〔五〕，有女如荼〔六〕。雖則如荼，匪我思且〔七〕。縞衣茹藘〔八〕，聊可與娱。

【注】

〔一〕如雲，比喻衆多。

〔二〕匪，通非。此句言不是我思念之所在。

〔三〕縞，白色的絹。綦（qí其）巾，淺緑色的圍裙。此句以女子的衣裝代表其人。

〔四〕聊，且也。員，同云，語氣詞。

〔五〕闉闍（yīn-dū因都），城門外再築上半環形的牆，叫作闉闍，又名曲城，今語叫作甕城。

〔六〕荼，茅、蘆之類的白花，野地多有。如荼也是比喻衆多。

〔七〕且（cú），往也。此句言不是我思念之所往。

〔八〕茹藘，疑當作藘茹，傳寫誤倒。藘借爲纑，麻也。茹借爲帤（rú如），大巾也。待考。

野有蔓草

一個男子在野外遇到一個思慕已久的姑娘，就唱出這支歌。

一

野有蔓草〔一〕，零露漙兮〔二〕。有美一人，清揚婉兮〔三〕。邂逅相遇〔四〕，適我願兮〔五〕。

二

野有蔓草，零露瀼瀼〔六〕。有美一人，婉如清揚〔七〕。邂逅相遇，與子偕臧〔八〕。

【注】

〔一〕蔓，蔓延。

〔二〕零露，降露。又解：一顆一顆的露珠。漙（tuán團），露珠圓圓的狀態。一說：漙，露多貌。

〔三〕清揚，眉目清秀。婉，美好。

〔四〕邂逅，不期而遇。

〔五〕適，適合。

〔六〕瀼（ráng 攘）瀼，露多貌。

〔七〕如，而也。

〔八〕子，你。臧，通藏，隱藏。

溱洧

鄭國風俗，每逢春季的一個節日（舊説是夏曆三月初三日的上巳節），在溱洧二河的邊上，舉行一個盛大的集會，男男女女人山人海地來遊玩。這首詩正是敍寫這個集會。

一

溱與洧〔一〕，方渙渙兮〔二〕。士與女〔三〕，方秉蕑兮〔四〕。女曰「觀乎〔五〕！」士曰「既且〔六〕。」「且往觀乎〔七〕！洧之外，洵訏且樂〔八〕。」維士與女，伊其相謔〔九〕，贈之以勺藥〔一〇〕。

二

溱與洧，瀏其清矣〔一一〕。士與女，殷其盈矣〔一二〕。女曰「觀乎！」士曰「既且。」「且往觀乎！洧之外，洵訏且樂。」維士與女，伊其將謔〔一三〕，贈之以勺藥。

【注】

〔一〕溱、洧（wěi 委），均是鄭國水名。

〔二〕方，正。渙渙，水流貌。

〔三〕士，男子的通稱。

〔四〕秉，拿。蕑（jiān 間），蘭也。

〔五〕觀乎，去看看吧。

〔六〕既，已經。且（cú），借爲徂，往也。

〔七〕且，再也。此下三句仍是女子説的話。

〔八〕洵，真也。訏（xū 虚），大也。

〔九〕伊，發語詞。謔，開玩笑。

〔一〇〕勺藥，香草名。

〔一一〕瀏，水流清澈貌。

〔一二〕殷，衆多。盈，滿也。

〔一三〕將，當作相，傳寫而誤，上章可證。

齊

雞鳴

這首詩寫國君的妻子在早晨勸促國君早去上朝，而國君卻戀牀不肯起來。

一

雞既鳴矣，朝既盈矣〔一〕。匪雞則鳴〔二〕，蒼蠅之聲〔三〕。

二

東方明矣，朝既昌矣〔四〕。匪東方則明，月出之光。

三

蟲飛薨薨〔五〕，甘與子同夢〔六〕。會且歸矣〔七〕，無庶予子憎〔八〕。

【注】

〔一〕朝，朝廷。盈，滿也，指上朝的人已滿。這二句是國君的妻子所說。

〔二〕匪，通非。

〔三〕蒼蠅之聲，遠處雞鳴，音細似蒼蠅聲。上二句是國君所説。

〔四〕昌，盛多也，指上朝的人已多。這二句是國君的妻子所説。

〔五〕薨薨，蟲子羣飛的聲音，這是天亮的景象。

〔六〕同夢，同入夢鄉。

〔七〕會，上朝與羣臣相會。

〔八〕此句當作「庶無予子憎」，庶無二字傳寫誤倒。（《大雅・生民》：「庶無罪悔。」《抑》：「庶無大悔。」可證。）庶，希望的意思。予，我。子，你。

還

這一首詩敍寫兩個獵人相遇於山間，共同逐獸，互相贊揚。

一

子之還兮〔一〕，遭我乎猺之閒兮〔二〕。並驅從兩肩兮〔三〕。揖我謂我儇兮〔四〕。

二

子之茂兮〔五〕，遭我乎猺之道兮。並驅從兩牡兮〔六〕。揖我謂我好兮。

三

子之昌兮〔七〕，遭我乎猺之陽兮〔八〕。並驅從兩狼兮。揖我謂我臧兮〔九〕。

【注】

〔一〕之，是也。還，借爲⿺走睘（huàn 還），敏捷。

〔二〕峱（nào 撓），齊國山名，在今山東臨淄南。

〔三〕驅，急走。從，追逐。肩，獸三歲稱肩。兩肩即下文的兩狼。

〔四〕揖我，向我作揖。儇，靈巧。還與儇含義略同。

〔五〕茂，美也。

〔六〕牡，雄獸。兩牡即下文的兩狼。

〔七〕昌，盛壯。

〔八〕陽，山南稱陽。

〔九〕臧，借爲壯。

著

詩的主人公是個女子，寫一個闊少爺來到她家，在等待她，將與她同行。舊説：這是寫男女結婚時，男到女家來迎娶。也講得通。

一

俟我於著乎而〔一〕，充耳以素乎而〔二〕，尚之以瓊華乎而〔三〕。

二

俟我於庭乎而，充耳以青乎而，尚之以瓊瑩乎而。

三

俟我於堂乎而，充耳以黄乎而，尚之以瓊英乎而。

【注】

〔一〕俟，等待。著，古代富貴者的宅院，大門内有屏風，大門和屏風之間叫作著。屏風和正房之間一塊平地叫作庭。正房的中間寬大明敞叫作堂。堂的左右或後面才是室。乎而，語氣詞。

〔二〕充，塞也。素，白色。古代富貴者，男子帽的左右兩邊各繫一條絲繩，繩的下端有穗，垂到胸部。絲繩用白、青、黄三色的三股絲編成，在當耳的地方，絲繩打成一個圓結，左右各一，正好塞着兩耳，即所謂充耳。充耳以素，以青，以黄，乃是分别描寫三色的三股絲的圓結。

〔三〕尚，加也。瓊，美玉。華，光華。男子充耳的圓結上各穿上一塊圓玉，叫作瑱（tiàn）。尚之以瓊華、瓊瑩、瓊英，都是描寫玉瑱。

東方之日

這是一首男女幽會的詩。詩主人公是男子，寫他的情人到他家來，在他家留宿。

一

東方之日兮〔一〕。彼姝者子〔二〕，在我室兮。在我室兮，履我即兮〔三〕。

二

東方之月兮。彼姝者子，在我闥兮〔四〕。在我闥兮，履我發兮〔五〕。

【注】

〔一〕東方之日，指白天。

〔二〕姝，美麗。子，女子。

〔三〕履，踩踏。即，借爲笫（zǐ子），席子。古人無病不設牀，就地鋪上席子，人坐卧在席上。

〔四〕闥，夾室也，寢室左右的小屋。此句言女子已進入秘室。

〔五〕發，借爲䉬（fèi廢），葦席。

東方未明

這是一首農奴們唱出的歌，敍述他們給奴隸主服徭役的情況。

一

東方未明，顛倒衣裳〔一〕。顛之倒之，自公召之〔二〕。

二

東方未晞〔三〕，顛倒裳衣。倒之顛之，自公令之〔四〕。

三

折柳樊圃〔五〕。狂夫瞿瞿〔六〕。「不能辰夜〔七〕，不夙則莫〔八〕！」

【注】

〔一〕衣，上身的衣服。裳，下身的衣服。農奴天未亮就起來，把衣裳都穿顛倒了。

〔二〕公，指農奴主。召，呼喚。

〔三〕晞，破曉。

〔四〕令，命令。

〔五〕樊，編籬笆。圃，菜園子。

〔六〕狂夫，瘋漢。指奴隸主派來監工的人。瞿瞿，瞪眼怒視貌。

〔七〕辰，看伺。辰夜，看伺夜裏的時間。

〔八〕夙，早也。莫，古暮字，晚也。此句言不是來早就是來晚。上二句是狂夫斥責農奴的話。

【附録】

注〔七〕辰，與晨古通用，《左傳・僖公五年》：「丙之辰。」《漢書・律曆志》引辰作晨，就是明證。《論語・憲問》：「子路宿於石門。晨門曰……」《集解》「晨門者閽人也」。晨門是説看伺門户的人。《淮南子・説山》：「見卵而求晨夜。」晨夜指伺夜的雞。以上采自馬瑞辰《毛詩傳箋通釋》。

南山

齊襄公原來和他的同父異母妹文姜通奸。魯桓公三年，桓公娶文姜爲妻，十八年和文姜到齊國去，發覺了他們兄妹的奸情，斥責文姜。文姜告訴了襄公，襄公羞惱成怒，派公子彭生殺死桓公（事見《左傳》）。齊人唱出這首歌，諷刺襄公、文姜和桓公。

一

南山崔崔〔一〕，雄狐綏綏〔二〕。魯道有蕩〔三〕，齊子由歸〔四〕。既曰歸止〔五〕，曷又懷止〔六〕？

二

葛屨五兩〔七〕，冠緌雙止〔八〕。魯道有蕩，齊子庸止〔九〕。既曰庸止，曷又從止〔一〇〕？

三

蓺麻如之何〔一一〕？衡從其畝〔一二〕。取妻如之何〔一三〕？必告父母〔一四〕。既曰告止，曷又鞠止〔一五〕？

四

析薪如之何〔一六〕？匪斧不克〔一七〕。取妻如之何？匪媒不得。既曰得止，曷又極止〔一八〕？

【注】

〔一〕崔崔，山高大貌。

〔二〕綏綏，慢慢走。詩以南山之狐喻荒淫之齊襄公。

〔三〕魯道，往魯國去的大道。蕩，平坦。

〔四〕齊子，齊國的女兒，指文姜。歸，出嫁。

〔五〕止，語氣詞。

〔六〕曷，何，爲什麽。懷，回來。

〔七〕葛屨（jù據），葛布做的鞋。兩，鞋一雙爲兩。五字未詳，疑此句當作「葛屨兩止」和下句「冠緌雙止」句法一樣。傳寫兩止誤爲止兩，又改爲五兩。

〔八〕緌（ruí），帽帶下垂部分。帽穗以絲繩製成，下垂胸前，左右各一，所以説雙。詩以葛鞋成兩、帽穗成雙比喻夫妻成對，不可以亂。

〔九〕庸，用也。

〔一〇〕從，由也。指由此大道返齊。以上兩章是指責文姜不應回齊國來。

〔一一〕蓺，古藝字，種也。

〔一二〕衡從，通横縱，東西爲横，南北爲縱。畝，壟也。詩以種蔴必有壟比喻娶妻必有稟告父母的禮節。

〔一三〕取，通娶。

〔一四〕古人娶妻，父母在則告其人；父母死則告其廟或神主。魯桓公娶文姜時，他的父母已死。

〔一五〕鞠，借爲造，至也，來到。

〔一六〕析薪，劈柴。

〔一七〕匪，通非。克，能也。詩以劈柴必須用斧比喻娶妻必須有媒人。

〔一八〕極，至也，來到。以上兩章是指責桓公不應到齊國來。

甫田

農家的兒子，尚未成年，竟被統治者抓去當兵派往遠方。他的親人想念他，唱出這首歌。

一

無田甫田〔一〕，維莠驕驕〔二〕。無思遠人〔三〕，勞心忉忉〔四〕。

二

無田甫田，維莠桀桀〔五〕。無思遠人，勞心怛怛〔六〕。

三

婉兮孌兮〔七〕，總角丱兮〔八〕。未幾見兮〔九〕，突而弁兮〔一〇〕。

【注】

〔一〕無，勿，不要。田，上田字是動詞，種田；下田字是名詞。甫，大。

〔二〕莠（yǒu有），一種草，似穀非穀，今語呼做穀莠子。驕驕，借爲喬喬，草盛而高的樣子。

〔三〕遠人，到遠方去的人，指從軍者。

〔四〕忉忉，憂念貌。

〔五〕桀桀，讀爲揭揭，也是高的意思。

〔六〕怛（dá達）怛，憂傷不安貌。

〔七〕婉孌，年少而美好的樣子。

〔八〕總角，總是束紮，古代未成年的人，頭髮束成兩個髻，左右各一，形似牛角，叫作總角。

丱(guàn 慣),兩髻對稱竪起的樣子。

〔九〕未幾,不久。

〔一〇〕突而,突然。弁(biàn 辨),一種帽子,圓頂,用布帛或革做成,士兵們戴這種帽子。這一章寫她的兒子是個總角童子,可是竟被統治者抓去當兵,戴上弁帽了。

盧令

這是一首贊美獵人的短歌。

一

盧令令〔一〕,其人美且仁〔二〕。

二

盧重環〔三〕,其人美且鬈〔四〕。

三

盧重鋂〔五〕,其人美且偲〔六〕。

【注】

〔一〕盧,獵犬名。令令,借爲獜獜(《説文》引作獜獜),犬健壯貌。一説:令令,借爲鈴鈴,環聲。

〔二〕其人，指獵人。仁，仁慈。

〔三〕重環，兩個環，一個大環套在犬的脖子上，一個小環聯在大環上，牽犬的繩子繫在小環上。

〔四〕鬈，讀爲拳勇之拳，健勇也。

〔五〕鋂（méi 枚），環也。

〔六〕偲（cāi 猜），多才。

敝笱

魯桓公在齊國被殺（事見《南山》篇解題）以後，魯國立文姜生的兒子爲君，是爲莊公。文姜做了寡婦，時時由魯國到齊國去，和齊襄公幽會。齊人唱出這首歌，加以諷刺。

一

敝笱在梁〔一〕，其魚魴鰥〔二〕。齊子歸止〔三〕，其從如雲〔四〕。

二

敝笱在梁，其魚魴鱮〔五〕。齊子歸止，其從如雨。

三

敝笱在梁，其魚唯唯〔六〕。齊子歸止，其從如水。

【注】

〔一〕敝，破也。笱（gǒu狗），捕魚的竹籠。梁，魚壩，似水中堤，中穿孔，置笱於孔內。

〔二〕魴，魚名。鰥，魚名。詩以破魚籠不能捉住魚比喻魯國禮法破壞不能約束文姜。

〔三〕齊子，文姜。歸，回齊國。止，語氣詞。

〔四〕從，僕從。如雲，比喻盛多。

〔五〕鱮（xù序），魚名。即鰱魚。

〔六〕唯唯，《釋文》引《韓詩》作遺遺。疑唯、遺均借爲⿰魚遺（wéi唯），⿰魚遺也是魚名。舊說：唯唯，魚出入自如貌。

載驅

這首也是齊人諷刺文姜的詩（事見《南山》、《敝笱》兩篇解題）。

一

載驅薄薄〔一〕，簟茀朱鞹〔二〕。魯道有蕩〔三〕，齊子發夕〔四〕。

二

四驪濟濟〔五〕，垂轡瀰瀰〔六〕。魯道有蕩，齊子豈弟〔七〕。

三

汶水湯湯〔八〕，行人彭彭〔九〕。魯道有蕩，齊子翱翔〔一〇〕。

四

汶水滔滔，行人儦儦〔一一〕。魯道有蕩，齊子遊敖〔一二〕。

【注】

〔一〕載，乃也。驅，車馬急走。薄薄，馬蹄聲。

〔二〕簟(diàn店)茀，遮蔽車子的竹席。朱，紅色。鞹，去毛的熟皮。朱鞹蓋在車箱前面。此句寫文姜所坐的車子。

〔三〕魯道，往魯國去的大道。蕩，平坦。

〔四〕齊子，文姜。發夕，早晨出行爲發，晚上停宿爲夕。

〔五〕驪，黑色馬。濟濟，即齊齊，整齊，毛色一樣，高長一樣。

〔六〕轡，馬繮繩。瀰(nǐ你)瀰，柔軟貌。

〔七〕豈弟，同愷悌，和樂近人。

〔八〕汶水，水名，流經齊魯兩國。湯湯，猶蕩蕩，水流貌。
〔九〕行人，跟着文姜走的侍從人員。彭彭，盛多貌。
〔一〇〕翱翔，指遨遊。
〔一一〕儦（biāo 標）儦，衆多的樣子。
〔一二〕敖，古遨字，遊也。

猗嗟

這首詩是齊國貴族所作，贊揚魯莊公體壯貌美，能舞善射。這時莊公隨其母文姜到齊國來了。

一

猗嗟昌兮〔一〕，頎而長兮〔二〕，抑若揚兮〔三〕，美目揚兮〔四〕，巧趨蹌兮〔五〕，射則臧兮〔六〕。

二

猗嗟名兮〔七〕，美目清兮〔八〕，儀既成兮〔九〕，終日射侯，不出正兮〔一〇〕。展我甥兮〔一一〕。

三

猗嗟孌兮〔一二〕，清揚婉兮〔一三〕，舞則選兮〔一四〕，射則貫兮〔一五〕。四矢反兮〔一六〕，以禦亂兮〔一七〕。

【注】

〔一〕猗嗟，贊歎聲。昌，身體强壯。

〔二〕頎（qí其），身長貌。

〔三〕抑，讀爲懿，美也。若，而也。揚，神氣昂揚。

〔四〕揚，借爲陽，明也。此句言眼睛明亮。

〔五〕趨，急走。蹌，步履有節奏的樣子。

〔六〕臧，善也。此句言善於射箭。

〔七〕名，借爲明，面色明浄。

〔八〕清，眼睛黑白分明。

〔九〕儀，指射箭的儀式。成，完畢。

〔一〇〕侯，射侯。正，射的。古代貴族舉行射儀時，立一木架，架上加一塊方形獸皮，叫作侯。侯上加一塊小的圓形的白布，叫作正或的。射者向正發箭，箭穿正上，叫作中。此二句説他整天射侯，箭没有離開正，都射中了。

〔一〕展，真也。甥，外甥。

〔二〕孌，俊俏。

〔三〕清揚，眉目清秀。婉，嫵媚。

〔四〕選，善也。

〔五〕貫，穿透。箭穿透侯皮，説明力量大。

〔六〕反，回到原處，就是把箭收回來。

〔七〕禦，防禦。此句是説將用這箭防禦暴亂。

魏

葛屨

女奴不甘受主人的虐待，唱出這首歌予以諷刺。

一

糾糾葛屨〔一〕，可以履霜〔二〕！摻摻女手〔三〕，可以縫裳〔四〕！要之襋之〔五〕，好人服之〔六〕。

二

好人提提〔七〕，宛然左辟〔八〕，佩其象揥〔九〕。維是褊心〔一〇〕，是以爲刺〔一一〕。

【注】

〔一〕糾糾，糾纏交錯貌。葛屨，用葛草編的鞋。

〔二〕可，讀爲何。第四句可字同。履，脚踏。女奴在有寒霜的秋天，還穿着葛草鞋。

〔三〕摻（xiān 仙）摻，形容女子手的纖美。此有瘦細之意。

〔四〕裳，裙子。

〔五〕要，讀爲腰，用爲動詞，即縫裙子的腰。襋（jí 棘），底襟，用爲動詞，即縫裙子的底襟。

〔六〕好人，美人，指女主人或她的女兒。

〔七〕提提，借爲徥（tí 題）徥，走路一蹷一踮的樣子。

〔八〕宛，彎曲的樣子。辟，借爲躄，足跛也。這個好人左脚彎曲而跛。

〔九〕佩，戴在頭上。象，象牙。揥（tì 替），搔頭的簪子。

〔一〇〕褊，狹小。

〔一一〕刺，諷刺。

【附録】

注〔二〕可，俞樾《羣經平議》：「此兩可字皆當讀爲何。」

注〔五〕襋，當是衣裳下邊的名稱。現在叫作下擺，下擺古人也叫作齋（見《説文》），又叫作緝（見《儀禮・喪服傳》），又叫作緁（見《説文》）。此襋字和齋、緝、緁聲音都相近，是一音的轉變，但此襋字却用做動詞。

注〔七〕提，借爲徥，古通用。《説文》：「徥，徥徥行貌。」《方言》六：「徥，行也。」徥當是跛子走路一蹷一踮的狀態。

注〔八〕辟，借爲躄。《史記・平原君虞卿列傳》：「民家有躄者。」《正義》「躄，跛也」。古書常用辟爲躄，《荀子・正論》：「不能以辟馬毀輿致遠。」楊注：「辟與躄同。」便是例證。

汾沮洳

這是一首婦女贊美男子的詩。她是他的妻子或戀人，無從論定。

一

彼汾沮洳〔一〕，言采其莫〔二〕。彼其之子〔三〕，美無度〔四〕；美無度，殊異乎公路〔五〕。

二

彼汾一方〔六〕，言采其桑。彼其之子，美如英〔七〕；美如英，殊異乎公行〔八〕。

三

彼汾一曲〔九〕，言采其藚〔一〇〕。彼其之子，美如玉；美如玉，殊異乎公族〔一一〕。

【注】

〔一〕汾，水名。在今山西中部。沮洳，水旁窪濕之地。

〔二〕言，讀爲焉，乃也。莫，草名，可做藥材，嫩葉可食，味酸。

〔三〕彼其之子，他那個人。

〔四〕無度，猶無比。兩物相比量爲度。

〔五〕殊，甚也。殊異，很不同。又解：殊異，同義詞。路，借爲輅（lù路），車也。公路，官名，掌管國君用的車。此句言這個人與那公路官不同。

〔六〕一方，一邊。

〔七〕英，花也。

〔八〕公行，官名，掌管國君衛兵的行伍，即衛隊長。

〔九〕曲，灣處。

〔一〇〕藚（xù續），草名，又名澤蕮，多生淺水中，可做藥材，也可食。

〔一一〕公族，官名，掌管國君宗族的事務。

園有桃

士階層對於統治貴族不滿，作這首詩加以諷刺。

一

園有桃，其實之殽〔一〕。心之憂矣，我歌且謠〔二〕。不知我者，謂我士也驕〔三〕。彼人是哉〔四〕？子曰何其〔五〕。心之憂矣，其誰知之。其誰知之，蓋亦勿思〔六〕。

二

園有棘〔七〕，其實之食。心之憂矣，聊以行國〔八〕。不知我者，謂我士也罔極〔九〕。彼人是哉？子曰何其。心之憂矣，其誰知之。其誰知之，蓋亦勿思。

【注】

〔一〕之，猶是。殽，借爲肴，吃也。

〔二〕歌、謠，唱有曲調爲歌，唱無曲調爲謠。

〔三〕驕，驕傲。此句言不了解我的人説我這個士人驕傲。

〔四〕彼人，指統治貴族。是哉，對嗎。

〔五〕子，你，指不知我者。其，語氣詞。子曰何其，你説怎麽樣，你説彼人是不是。

〔六〕蓋，讀爲盍，何不。一説：蓋，猶今語所謂大概。此句言人們怎麼不想一想呢。

〔七〕棘，棗也。

〔八〕行國，周游於國中。

〔九〕罔，無也。極，借爲則，法則。此句言不了解我的人説我這個士人目無法紀，敢於反對上級。

陟岵

征人在遠方服勞役，唱出這首歌，抒發思念家人的心情。

一

陟彼岵兮〔一〕，瞻望父兮。父曰：「嗟！予子行役，夙夜無已〔二〕。上慎旃哉〔三〕！猶來無止〔四〕！」

二

陟彼屺兮〔五〕，瞻望母兮。母曰：「嗟！予季行役〔六〕，夙夜無寐〔七〕。上慎旃哉！猶來無棄〔八〕！」

三

陟彼岡兮，瞻望兄兮。兄曰：「嗟！予弟行役，夙夜必偕〔九〕。上慎旃哉！猶來無死！」

【注】

〔一〕陟（zhè 至），登也。岵（hù 户），有草木的山爲岵。

〔二〕夙，早晨。已，止也，休息。

〔三〕上，讀爲尚。旃（zhān 占），之也。此句言還要小心謹慎呀！

〔四〕止，指留在外地。此句言還要回來，不會老留在外地。

〔五〕屺（qǐ 起），無草木的山爲屺。

〔六〕季，兄弟中年齡最小的稱季。

〔七〕寐，睡覺。

〔八〕棄，指棄家不歸。

〔九〕偕，勤勉努力。

【附録】

注〔九〕偕，俞樾《羣經平議》：「偕，强也。」

十畝之間

這是勞動婦女唱出的采桑歌。

一

十畝之間兮，桑者閑閑兮〔一〕，行與子還兮〔二〕。

二

十畝之外兮，桑者泄泄兮〔三〕，行與子逝兮〔四〕。

【注】

〔一〕桑者，采桑人。閑閑，從容不迫貌。

〔二〕子，你，指同伴。此句言走吧，我和你一同回家。

〔三〕泄泄，和樂貌。

〔四〕逝，往也。此句言走吧，我和你一同走吧。

伐檀

勞動人民在給剥削者砍樹的勞動中唱出這首歌，諷刺剥削者不勞而獲，過着寄生蟲的生活。

一

坎坎伐檀兮〔一〕，寘之河之干兮〔二〕，河水清且漣猗〔三〕。不稼不穡〔四〕，胡取禾三百廛兮〔五〕？不狩不獵〔六〕，胡瞻爾庭有縣貆兮〔七〕？彼君子兮，不素餐兮〔八〕？

二

坎坎伐輻兮〔九〕，寘之河之側兮，河水清且直猗。不稼不穡，胡取禾三百億兮〔一〇〕？不狩不獵，胡瞻爾庭有縣特兮〔一一〕？彼君子兮，不素食兮？

三

坎坎伐輪兮，寘之河之漘兮〔一二〕，河水清且淪猗〔一三〕。不稼不穡，胡取禾三百囷兮〔一四〕？不狩不獵，胡瞻爾庭有縣鶉兮〔一五〕？彼君子兮，不素飧兮〔一六〕？

【注】

〔一〕坎坎，伐木聲。檀，木名，可用造車。

〔二〕寘，同置。干，岸。

〔三〕漣，水面波紋。猗，語氣詞，如啊。

〔四〕稼，耕種。穡，收割。

〔五〕胡，何也。禾，百穀的通名。廛，一百畝田，略同後來的頃。

〔六〕狩獵，稍有區別，大概集體打獵圍守山林而打鳥獸叫作狩，單人打獵追尋蹤跡而打鳥獸叫作獵。

〔七〕縣，古懸字。貆（huān 歡），獸名，即貛。

〔八〕素餐，白吃飯。此句也是質問。

〔九〕輻，車輪的輻條。

〔一〇〕億，周代十萬爲億，此指糧食之多。又解：億與庾一音之轉。糧穀堆在場上爲庾。

〔一一〕特，大獸。

〔一二〕漘，河邊。

〔一三〕淪，水的漩渦。

〔一四〕囷（qūn），圓形糧倉。

〔一五〕鶉（chún 淳），鵪鶉。

〔一六〕飧（sūn 孫），熟食。

碩鼠

這首詩當是佃農所作。周王朝東遷以後，奴隸制與農奴制都逐漸破壞，出現了新興地主，他們把土地租給佃農耕種，而收實物地租，對佃農的剥削也很殘酷。這首詩正是佃農對地主殘酷剥削的控訴。

一

碩鼠〔一〕，碩鼠，無食我黍〔二〕！三歲貫女〔三〕，莫我肯顧〔四〕。逝將去女〔五〕，適彼樂土〔六〕；樂土，樂土〔七〕，爰得我所〔八〕。

二

碩鼠，碩鼠，無食我麥！三歲貫女，莫我肯德〔九〕。逝將去女，適彼樂國；樂國，樂國〔一〇〕，爰得我直〔一一〕。

三

碩鼠，碩鼠，無食我苗！三歲貫女，莫我肯勞〔一二〕。逝將去女，適彼樂郊；樂郊，樂郊〔一三〕，誰之永號〔一四〕！

【注】

〔一〕碩鼠，即田鼠，好在田裏吃莊稼。

〔二〕無，勿也。黍，穀之一種。詩以吃莊稼的田鼠比喻剥削糧穀的地主。

〔三〕貫，養也。女，通汝。

〔四〕顧，照顧。

〔五〕逝，通誓。去，離開。

〔六〕適，往也。樂土，作者想像中没有剥削的地方。

〔七〕樂土樂土，《韓詩外傳》引作「適彼樂土」，較好。

〔八〕爰，乃，于是。所，處所。

〔九〕德，感德。

〔一〇〕樂國樂國，《新序·節士》引作「適彼樂國」。

〔一一〕直，通值，即代價。

〔一二〕勞，慰勞。

〔一三〕樂郊樂郊，《新序·節士》引作「適彼樂郊」。

〔一四〕永，長也。號，哭。此句言到了樂郊，還有誰會整天哭叫呢。

【附録】

注〔三〕貫，漢石經殘碑作宦，漢石經是用《魯詩》。按：貫、宦並借爲豢。

注〔七〕《韓詩外傳》二兩次引《詩》云「逝將去汝，適彼樂土；適彼樂土，爰得我所」。又一次引《詩》云「逝將去汝，適彼樂國；適彼樂國，爰得我值。」俞樾説：「當以《韓詩》爲正。」（《羣經平議》）

注〔一一〕直，借爲價値的値。直、値古通用。《史記・匈奴傳》：「値上谷」，《索隱》引姚氏曰：「古字例以直爲値。」

唐

蟋蟀

這是統治階級的作品，宣揚人生及時行樂的思想，但又自警不要享樂太過，以免自取滅亡。

一

蟋蟀在堂〔一〕，歲聿其莫〔二〕。今我不樂，日月其除〔三〕。無已大康〔四〕，職思其居〔五〕。好樂無荒〔六〕，良士瞿瞿〔七〕。

二

蟋蟀在堂，歲聿其逝〔八〕。今我不樂，日月其邁〔九〕。無已大康，職思其外〔一〇〕。好樂無荒，良士蹶蹶〔一一〕。

三

蟋蟀在堂，役車其休〔一二〕。今我不樂，日月其慆〔一三〕。無已大康，職思其憂〔一四〕。好樂無荒，良士休休〔一五〕。

【注】

〔一〕蟋蟀在堂，蟋蟀進入堂屋表示將近天寒歲暮。

〔二〕聿，同曰，語助詞。莫，古暮字。其莫，將盡。

〔三〕日月，指時光。除，去也。

〔四〕無已，不要。大，通太。康，安樂。此句言不要太安樂。

〔五〕職，常也。居，處也，指所處的地位。

〔六〕好樂，喜歡享樂。荒，荒淫。

〔七〕良士，賢士。瞿瞿，驚視貌，指警惕在心，多所顧慮。

〔八〕逝，往也，過去。

〔九〕邁，行也。

〔一〇〕外，指外界的關係。

〔一一〕蹶（guì貴）蹶，急遽貌。引申爲勤奮的樣子。

〔一二〕役車，擔任勞役的車。休，休息。冬季天寒，役車不出行了。

〔一三〕慆（tāo 滔），逝去也。

〔一四〕憂，憂患。

〔一五〕休休，安閑自得、樂而有節貌。

山有樞

這首詩是貴族作品，作者勸告貴族們活一天就享樂一天，不要吝惜財物；否則，你死後，財物就被别人佔有了。

一

山有樞〔一〕，隰有榆〔二〕。子有衣裳，弗曳弗婁〔三〕。子有車馬，弗馳弗驅〔四〕。宛其死矣〔五〕，他人是愉〔六〕。

二

山有栲〔七〕，隰有杻〔八〕。子有廷内〔九〕，弗洒弗埽。子有鍾鼓，弗鼓弗考〔一〇〕。宛其死矣，他人是保。

三

山有漆〔一一〕，隰有栗。子有酒食，何不日鼓瑟，且以喜樂，且以永日〔一二〕。宛其死矣，他人入室。

【注】

〔一〕樞，木名，榆樹的一種，又名刺榆，似榆，有刺。

〔二〕隰（ㄒㄧˊ席），低濕之地。

〔三〕曳，扯也。婁，借爲摟，拉也。穿衣裳必須扯拉。

〔四〕馳、驅，都是車馬急走。

〔五〕宛，病枯也。

〔六〕愉，快樂。

〔七〕栲，木名，皮厚數寸，葉如櫟樹，木質堅硬，可做車的輻條等。

〔八〕杻，木名，可做車輞、弓幹等。

〔九〕內，指堂和室。

〔一〇〕考，敲也，指敲鐘。

〔一一〕漆，漆樹。

〔二三〕永日，指終日享樂。

揚之水

春秋前二十三年（前七四五），晉昭侯封他的弟弟桓叔於曲沃。曲沃勢力較强，自此以後，桓叔一系與昭侯一系展開争奪君位的鬥争，甚至於興兵打仗。經過六十七年，桓叔一系立爲晉君。這首詩作者是昭侯一系的貴族，他到曲沃去，投靠桓叔一系，作這首詩表示對桓叔一系的忠誠。

一

揚之水〔一〕，白石鑿鑿〔二〕。素衣朱襮〔三〕，從子于沃〔四〕。既見君子〔五〕，云何不樂。

二

揚之水，白石皓皓〔六〕。素衣朱繡〔七〕，從子于鵠〔八〕。既見君子，云何其憂。

三

揚之水，白石粼粼〔九〕。我聞有命，不敢以告人〔一〇〕。

【注】

〔一〕揚，當借爲滎。《説文》：「滎，絶小水也。」即小水溝。

〔二〕鑿鑿，鮮明貌。

〔三〕襮（bó博），繡有花紋的衣領。

〔四〕子，指曲沃君。沃，曲沃的省稱。曲沃，晉國的大邑，在今山西省。

〔五〕君子，指曲沃君。

〔六〕皓皓，潔白貌。

〔七〕繡，繡花。

〔八〕鵠（gǔ谷），地名，屬於曲沃。

〔九〕粼粼，清澈貌。

〔一〇〕不敢以告人，指聽到曲沃君有什麼命令，不敢拿來告訴別人，一定保守機密。

椒聊

這首詩是贊美一個男子。

一

椒聊之實〔一〕，蕃衍盈升〔二〕。彼其之子〔三〕，碩大無朋〔四〕。椒聊且〔五〕！遠條且〔六〕！

二

椒聊之實，蕃衍盈匊〔七〕。彼其之子，碩大且篤〔八〕。椒聊且！遠條且！

【注】

〔一〕椒聊，一種叢木，今名花椒，長條，緑葉，白花，暗紅色小球形的果實，有香氣。

〔二〕蕃衍，繁盛衆多。升，指量器。

〔三〕其，語氣詞。彼其之子，他這個人。

〔四〕碩大，巨大，指身體。朋，比也。

〔五〕且，猶哉，語氣詞。

〔六〕遠條，長的枝條。

〔七〕匊，古掬字，兩手合捧。

〔八〕篤，忠厚。

綢繆

這首詩寫一對相愛的男女在夜間相會的情景。

一

綢繆束薪〔一〕，三星在天〔二〕。今夕何夕？見此良人〔三〕！子兮子兮！如此良人何〔四〕！

二

綢繆束芻〔五〕，三星在隅〔六〕。今夕何夕？見此邂逅〔七〕！子兮子兮！如此邂逅何！

三

綢繆束楚〔八〕，三星在户。今夕何夕？見此粲者〔九〕！子兮子兮！如此粲者何！

【注】

〔一〕綢繆，纏繞。束，捆也。

〔二〕三星，古代也稱參星，現在仍呼爲三星。

〔三〕良人，好人，女對男的稱呼。

〔四〕如此良人何，把這個好人怎麽樣？

〔五〕芻，餵牲口的草。

〔六〕隅，牆角。

〔七〕邂逅，不期而遇的人。

〔八〕楚，叢木名，現在叫作荆條。

〔九〕粲，美麗，鮮明。粲者當指女人。

杕杜

一個孤獨無靠的人，處境窮困，希望得到别人的援助，因此唱出這首詩。

一

有杕之杜〔一〕，其葉湑湑〔二〕。獨行踽踽〔三〕。豈無他人，不如我同父〔四〕。嗟行之人〔五〕，胡不比焉〔六〕？人無兄弟〔七〕，胡不佽焉〔八〕？

二

有杕之杜，其葉菁菁〔九〕。獨行瞏瞏〔一〇〕。豈無他人，不如我同姓〔一一〕。嗟行之人，胡不比焉？人無兄弟，胡不佽焉？

【注】

〔一〕杕（dì弟），樹木孤立貌。杜，一種果木，梨屬，果實紅色，味澀。

〔二〕湑（xǔ胥）湑，茂盛貌。

〔三〕踽（jǔ舉）踽，孤獨貌。

〔四〕同父，指兄弟。

〔五〕嗟，悲歎聲。行之人，道路上的人。

〔六〕比，親也。此句言何不親近我呢？

〔七〕人，作者自指。

〔八〕佽（cì次），幫助。

〔九〕菁菁，茂盛貌。

〔一〇〕睘（qióng 瓊）睘，孤獨無依貌。

〔一一〕同姓，同族的人。

羔裘

這是統治階級作品。作者和一個貴族原是好朋友，但是由於他的地位卑賤，處境貧困，貴族看不起他了。他作這首詩，諷刺貴族。

一

羔裘豹祛〔一〕，自我人居居〔二〕。豈無他人，維子之故〔三〕。

二

羔裘豹褎〔四〕，自我人究究〔五〕。豈無他人，維子之好〔六〕。

【注】

〔一〕羔裘，羔皮襖。袪（qū區），袖也。周代人的皮襖，毛在外面，貴族們用豹皮鑲上袖口，以爲美觀。

〔二〕自，對於。我人，猶今語所謂「吾人」、「我個人」。居居，借爲倨倨，驕傲。

〔三〕之，是也。故，故人。此句言唯你是我的故人。

〔四〕褎，古袖字。

〔五〕究究，當讀爲仇仇，《爾雅·釋訓》：「仇仇，傲也。」

〔六〕好，好友。此句言唯你是我的好友。

鴇羽

勞動人民長期在外爲統治者擔任傜役，唱出這首詩，抒發他們的痛苦心情。

一

肅肅鴇羽〔一〕，集于苞栩〔二〕。王事靡盬〔三〕，不能蓺稷黍〔四〕，父母何怙〔五〕？悠悠蒼天〔六〕！曷其有所〔七〕？

二

肅肅鴇翼，集于苞棘〔八〕。王事靡盬，不能蓺黍稷，父母何食？悠悠蒼天！曷其有極〔九〕？

三

肅肅鴇行〔一〇〕，集于苞桑。王事靡盬，不能蓺稻粱〔一一〕，父母何嘗？悠悠蒼天！曷其有常〔一二〕？

【注】

〔一〕肅肅，鳥飛聲。鴇（bǎo保），鳥名，似雁而大。

〔二〕苞，茂盛。栩（xǔ許），亦稱杼，即柞木。

〔三〕王事，指國君之事。靡盬（gǔ古），無休止。

〔四〕蓺，古藝字，種也。稷、黍，同類的穀物，黍黏，稷不黏。

〔五〕怙（hù户），借爲餬，餬口。父母年老，不能種地，只有挨餓。

〔六〕悠悠，遥遠也。

〔七〕曷，何也。所，處所。此句言何時才能安居。

〔八〕棘，棗樹。
〔九〕極，終了。
〔一〇〕行（háng杭），鳥的羽莖。
〔一一〕粱，高粱。
〔一二〕常，正常。

【附録】

注〔五〕怙，俞樾《羣經平議》：「怙乃餬之假字。餬，食也。」
注〔一〇〕行，毛傳：「行，翮也。」《説文》：「翮，羽莖也。」

無衣

這是統治階級作品。有人賞賜或贈送作者一件衣服，作者作這首詩，表示感謝。

一

豈曰無衣，七兮〔一〕，不如子之衣安且吉兮〔二〕。

二

豈曰無衣，六兮，不如子之衣安且燠兮〔三〕。

【注】

〔一〕七，指七件衣服。

〔二〕子，指賞賜或贈送衣服的人。安，舒服。吉，善也，好也。

〔三〕燠，暖也。

有杕之杜

這是統治階級歡迎客人的短歌。

一

有杕之杜〔一〕，生于道左。彼君子兮，噬肯適我〔二〕。中心好之，曷飲食之〔三〕？

二

有杕之杜，生于道周〔四〕。彼君子兮，噬肯來遊。中心好之，曷飲食之？

【注】

〔一〕杕（dì弟），樹木孤立貌。杜，一種果木，梨屬，果實紅色，味澀。

〔二〕噬，猶斯，發語詞。適，往也。適我，來到我這裏。

〔三〕曷，何也。此句言拿什麼招待他呢？

〔四〕周，邊也。一說：周，曲也。道周，道路曲折之處。

葛生

這是男子追悼亡妻的詩篇，即古人所謂悼亡詩。

一

葛生蒙楚〔一〕，蘞蔓于野〔二〕。予美亡此〔三〕，誰與？獨處〔四〕。

二

葛生蒙棘，蘞蔓于域〔五〕。予美亡此，誰與？獨息。

三

角枕粲兮〔六〕，錦衾爛兮〔七〕。予美亡此，誰與？獨旦〔八〕。

四

夏之日，冬之夜〔九〕。百歲之後，歸于其居〔一〇〕。

五

冬之夜，夏之日。百歲之後，歸于其室。

【注】

〔一〕蒙，覆蓋。楚，叢木，今名荊條。

〔二〕蘞（liǎn臉），草名，蔓生，似瓜，葉盛而細，子有黑有赤，不可食。蔓，蔓延。

〔三〕予美，指妻子。亡此，死在此地，即埋在此地。

〔四〕與，共處。

〔五〕域，塋地。

〔六〕角枕，方枕，有八角，所以説角枕。粲，鮮明。

〔七〕衾，被也。爛，鮮明。

〔八〕獨旦，獨處到天明。

〔九〕日、夜，夏天日長，冬天夜長，愁人更覺得如此。

〔一〇〕其居，指妻之墳。

采苓

這是勞動人民的作品，勸告伙伴不要聽信别人的謊話，走錯了路。

一

采苓采苓〔一〕，首陽之顛〔二〕。人之爲言〔三〕，苟亦無信〔四〕。舍旃舍旃〔五〕，苟亦無然〔六〕。人之爲言胡得焉〔七〕。

二

采苦采苦〔八〕，首陽之下。人之爲言，苟亦無與〔九〕。舍旃舍旃，苟亦無然。人之爲言胡得焉。

三

采葑采葑〔一〇〕，首陽之東。人之爲言，苟亦無從。舍旃舍旃，苟亦無然。人之爲言胡得焉。

【注】

〔一〕苓，草名，又名甘草，可以做藥材。

〔二〕首陽，山名，在今山西省。顛，頂也。

〔三〕爲，通僞。僞言，假話，謊話。

〔四〕苟，姑且。無，勿也。

〔五〕舍，同捨，拋棄。旃（zhān 毡），之也。此句言拋棄那謊話吧。

〔六〕然，是也。無然，不要以爲是。

〔七〕得，猶對。此句言别人的謊話哪會對呢。

〔八〕苦，野菜名，可食。

〔九〕與，以也，用也。

〔一〇〕葑，蘿蔔。

秦

車鄰

這是貴族婦人所作的詩，詠唱她們夫妻的享樂生活。

一

有車鄰鄰〔一〕，有馬白顛〔二〕。未見君子〔三〕，寺人之令〔四〕。

二

阪有漆〔五〕，隰有栗〔六〕。既見君子，並坐鼓瑟。今者不樂，逝者其耋〔七〕。

三

阪有桑，隰有楊。既見君子，並坐鼓簧〔八〕。今者不樂，逝者其亡。

【注】

〔一〕鄰鄰，車鈴聲。

〔二〕顛，頂也。白顛，馬額正中有塊白毛。

〔三〕君子，指她的丈夫。

〔四〕寺人，官名。寺讀爲侍，侍候王侯貴族的人，所以叫作侍人。之，是也。寺人是令是説命令寺人，即叫寺人去看看她的丈夫。

〔五〕阪，山坡。漆，漆樹。

〔六〕隰，低濕之地。栗，栗樹。

〔七〕逝，前往也。逝者，指將來的時期。耋（dié迭），老也。

〔八〕簧，樂器名，疑是摇鼓，有柄可執，摇而鼓之。

駟驖

這是統治階級的作品，敍寫秦君帶着兒子去打獵。

一

駟驖孔阜〔一〕，六轡在手〔二〕。公之媚子〔三〕，從公于狩〔四〕。

二

奉時辰牡〔五〕，辰牡孔碩〔六〕。公曰：「左之〔七〕！」舍拔則獲〔八〕。

三

遊于北園，四馬既閑〔九〕。輶車鸞鑣〔一〇〕，載獫歇驕〔一一〕。

【注】

〔一〕驷，四馬。驖（tiě 鐵），黑色馬。孔，甚也。阜，肥大也。

〔二〕轡，馬繮繩。周代的車，獨轅在中，内兩馬稱服，外兩馬稱驂，服馬各一轡，驂馬各兩轡，以便左右牽引，所以有六轡。

〔三〕公，秦君。媚子，愛子。

〔四〕狩，打獵。

〔五〕奉，借爲逢，遇也。時，是也，這個。辰，借爲麎（chén 辰），大鹿也。麎牡，大公鹿。

〔六〕碩，大也。

〔七〕左之，向左去。命令車夫的話。

〔八〕舍，同捨，放也。拔，箭的末端。射箭是放開箭的末端，所以説捨拔，捨拔意即放矢。一説：拔，借爲發，放矢也。獲，得也。

〔九〕閑，熟練。

〔一〇〕輶車，輕車。鸞，車鈴。鑣，馬口中含的鐵具，今呼爲馬口鐵或馬嚼子。

〔一一〕獫（xiǎn險），長嘴巴的犬。歇驕，《説文》引歇作猲，驕作獢。猲獢，短嘴巴的犬。此句言獵畢把獵犬載在車上。

小戎

秦君或其他貴族坐着車，帶着兵到外地去了（或者出征）。他的夫人思念他，因作這首詩。

一

小戎俴收〔一〕，五楘梁輈〔二〕，游環脅驅〔三〕，陰靷鋈續〔四〕，文茵暢轂〔五〕，駕我騏馵〔六〕。言念君子〔七〕，温其如玉〔八〕。在其板屋〔九〕，亂我心曲〔一〇〕。

二

四牡孔阜〔一一〕，六轡在手〔一二〕，騏駵是中〔一三〕，騧驪是驂〔一四〕，龍盾之合〔一五〕，鋈以觼軜〔一六〕。言念君子，温其在邑〔一七〕。方何爲期〔一八〕，胡然我念之〔一九〕？

三

俴駟孔群〔二〇〕，厹矛鋈錞〔二一〕，蒙伐有苑〔二二〕，虎韔鏤膺〔二三〕，交韔二弓〔二四〕，竹閉緄縢〔二五〕。言念君子，載寢載興〔二六〕。厭厭良人〔二七〕，秩秩德音〔二八〕。

【注】

〔一〕小戎，一種兵車。戎，兵也，引申兵車也稱戎。輕小的兵車稱小戎，重大的兵車稱元戎。俴（jiàn建），淺也。收，軫也。周代的車，左右前後均有箱板，後箱板可以竪起，可以放下，以便人從後上車，名軫又名收。俴收是後箱板矮一些。

〔二〕楘（mù木），箍也，環形，纏革做成，或用銅做成。梁，即樑字。輈，車轅，周代的車一個曲轅，叫作輈。輈似木樑，所以説梁輈。輈上有五個箍，所以説五楘。

〔三〕游環，游動的小銅環。脅，肋骨的兩旁部分。驅，借爲摳（kōu），繩套或革套，今語呼扣。馬的脅部加上摳，聯在靷上，叫作脅摳。游環穿入摳內，可以游動。繮繩穿過游環，以免遠離馬身。

〔四〕陰，借爲黔，黑色。靷（yǐn引），引車前行的皮帶，前端繫在馬頸的皮套上，後端繫在車軸上，馬行則牽引車走（周代的車是輪轉而軸不轉）。鋈（wù勿），白銅。續，疑借爲鐲，鈴也。一個鈴（或一串鈴）用繩繫在馬脖上，作爲裝飾。鋈鐲，用白銅做的鐲。

〔五〕文茵，有花紋的席子，鋪在車上。暢，長也。轂，車軸伸到車輪外的部分名轂。

〔六〕騏，青黑色有如棋盤格子紋的馬。馵（zhù住），自膝以上是白色的馬。

〔七〕言，乃也。君子，指作者的丈夫。

〔八〕温，好玉以手按之並不涼。此句指丈夫態度温和。

〔九〕板屋，用木板修建的房屋，秦國民房多是如此。國君和貴族出外也住民房。

〔一〇〕心曲，心坎，心窩。

〔一一〕孔，甚也。阜，肥大。

〔一二〕轡，馬繮繩。一車四馬，内兩馬各一轡，外兩馬各二轡，共六轡。

〔一三〕駠，與騮同，赤紅色的馬，今呼石榴紅。中，中間的兩馬，也稱服。

〔一四〕騧（guā瓜），身白嘴黑的馬。按騧和馵是同一匹白馬，因其自膝以下不白，所以叫作馵；又因其嘴黑，所以叫作騧。驪，黑馬。驂，車轅外邊兩馬稱驂。據上文，君子的車駕四馬：騏，駠，騧，驪。可見前章的馵就是騧。

〔一五〕龍盾，畫着龍的盾。合，掛在一起。

〔一六〕以，之也。觼（jué決），有舌的環。軜（nà納），當借爲枘（ruì銳）。槃柱，或圓或方，似現在的釘子。鋈以觼枘，是説白銅的觼和枘。古代貴族的龍盾上加個白銅環，環有舌鉗入盾上。車箱裏釘上白銅槃柱，盾就掛在上面。古代兵車載三人，一人趕車，兩人作戰，所以車上掛兩個盾，以備戰時使用。

〔一七〕邑，秦國的屬邑。

〔一八〕方，始也。期，指回來的日期。

〔一九〕胡，何也。此二句言當初約定的歸期是哪天呢，爲什麽我現在想念他呢？

〔二〇〕俴駟，不披甲的四匹馬。羣，多也。

〔二一〕厹（qiú 求）矛，即酋矛，矛頭三棱形。錞（duì 兑），即鐏，矛戟柄下端的平底金屬套。鋈鐏，用白銅做的鐏。

〔二二〕蒙，讀爲厖（páng 旁），龐大。伐，通瞂（fá 伐），盾也。苑（yūn 氳），花紋。

〔二三〕韔（chàng 唱），裝弓的袋，用虎皮做成的是爲虎韔。鏤，雕刻。膺，胸也。此指弓袋的正面。弓袋正面雕有花紋，是爲鏤膺。

〔二四〕交，互也。韔，此韔字是動詞，藏也。此句言兩張弓一個弓背向左，一個弓背向右，裝在袋裏。

〔二五〕閉，借爲柲（bì 必），正弓之器，形與弓同，用竹（或木）做成。緄（gǔn 滚），捆也。縢（téng 藤），繩也。竹柲緄縢，不用弓時，把柲緊貼在弓内，用繩把弓和柲捆在一起，以免弓變形。

〔二六〕載，讀爲再。興，起來。此句言作者睡下又起來，不能入睡。

〔二七〕厭厭，安静柔和貌。良人，好人。

〔二八〕秩秩，有次序，有禮節。一説：秩秩，聰明多智貌。德音，好聲譽。

蒹　葭

這篇似是愛情詩。詩的主人公是男是女，看不出來。敍寫他（或她）在大河邊追尋戀人，但未得會面。

一

蒹葭蒼蒼〔一〕，白露爲霜。所謂伊人〔二〕，在水一方〔三〕。遡洄從之〔四〕，道阻且長〔五〕；遡游從之〔六〕，宛在水中央〔七〕。

二

蒹葭淒淒〔八〕，白露未晞〔九〕。所謂伊人，在水之湄〔一〇〕。遡洄從之，道阻且躋〔一一〕；遡游從之，宛在水中坻〔一二〕。

三

蒹葭采采〔一三〕，白露未已〔一四〕。所謂伊人，在水之涘〔一五〕。遡洄從之，道阻且右〔一六〕；遡游從之，宛在水中沚〔一七〕。

【注】

〔一〕蒹，草名，又名荻。葭，蘆也。蒼蒼，青色。一説：蒼蒼，盛也。

〔二〕伊人，是人，意中所指之人。

〔三〕一方，一邊。

〔四〕遡洄，逆着河流向上走。下文説「道阻且長，道阻且躋，道阻且右」可證「遡洄」「遡游」是陸行，不是水行。
〔五〕阻，險阻。
〔六〕遡游，順着河流向下走。
〔七〕宛，分明。
〔八〕淒淒，借爲萋萋，茂盛貌。
〔九〕晞，曬乾。
〔一〇〕湄，水邊。
〔一一〕躋，登高。
〔一二〕坻(chí 遲)，水中的小沙洲。
〔一三〕采采，茂盛。
〔一四〕已，完。
〔一五〕涘，水邊。
〔一六〕右，迂迴彎曲。
〔一七〕沚，水中的沙灘。

終南

這是秦國貴族歌頌秦君的詩。

一

終南何有〔一〕？有條有梅〔二〕。君子至止〔三〕，錦衣狐裘，顔如渥丹〔四〕，其君也哉！

二

終南何有？有紀有堂〔五〕。君子至止，黻衣繡裳〔六〕，佩玉將將〔七〕，壽考不忘〔八〕。

【注】

〔一〕終南，秦國山名，在今陝西省。
〔二〕條，借爲槄，木名，即山楸。梅，又名楠，高大的喬木，可做器材。一説：即梅花之梅。
〔三〕君子，指秦君。止，語氣詞。此句言秦君到終南山來。
〔四〕渥，濕潤。丹，一種紅色石，可以染紅。此石濕潤後顔色更鮮。
〔五〕紀，借爲杞，木名，柳屬。堂，借爲棠，木名，梨樹屬。
〔六〕黻（fú弗），古代禮服上黑與青相間的花紋。繡，五色俱備的花紋。
〔七〕將將，同鏘鏘，象聲詞。
〔八〕忘，借爲亡。

黄鳥

公元前六二一年，秦穆公死，康公立，遵照穆公的遺囑，殺了一百七十七人爲他殉葬，其中有姓子車的三兄弟，一名奄息，一名仲行，一名鍼虎。秦人痛恨秦國統治者的殘暴，哀悼子車氏兄弟的屈死，因作這首詩。

一

交交黃鳥〔一〕，止于棘〔二〕。誰從穆公〔三〕？子車奄息。維此奄息，百夫之特〔四〕。臨其穴〔五〕，惴惴其慄〔六〕。彼蒼者天，殲我良人〔七〕！如可贖兮，人百其身〔八〕。

二

交交黃鳥，止于桑。誰從穆公？子車仲行。維此仲行，百夫之防〔九〕。臨其穴，惴惴其慄。彼蒼者天，殲我良人！如可贖兮，人百其身。

三

交交黃鳥，止于楚〔一〇〕。誰從穆公？子車鍼虎。維此鍼虎，百夫之禦〔一一〕。臨其穴，惴惴其慄。彼蒼者天，殲我良人！如可贖兮，人百其身。

【注】

〔一〕交交，讀爲咬咬，鳥鳴聲。黃鳥，即黃雀。

〔二〕棘，棗樹。

〔三〕穆公，姓嬴，名任好，春秋時秦國國君。

〔四〕特，傑出。
〔五〕穴，指墓穴。
〔六〕惴（zhuì綴）惴，恐懼貌。慄，因恐懼而發抖。
〔七〕良人，猶善人。
〔八〕人百其身，承上句省動詞贖字。用一百人贖他一人。
〔九〕防，抵擋。一人可以抵擋百人。
〔一〇〕楚，叢木名，今稱作荆條。
〔一一〕禦，猶防。

【附録】

（解題）《左傳·文公六年》：「秦伯任好卒，以子車氏之三子奄息、仲行、鍼虎爲殉，皆秦之良也。國人哀之，爲之賦《黄鳥》。」

晨風

這是女子被男子拋棄後所作的詩。（也可能是臣見棄於君，士見棄於友，因作這首詩。）

一

鴥彼晨風〔一〕，鬱彼北林〔二〕。未見君子〔三〕，憂心欽欽〔四〕。如何如何，忘我實多。

二

山有苞櫟〔五〕，隰有六駮〔六〕。未見君子，憂心靡樂。如何如何，忘我實多。

三

山有苞棣〔七〕，隰有樹檖〔八〕。未見君子，憂心如醉。如何如何，忘我實多。

【注】

〔一〕鴥（yù玉），鳥疾飛貌。晨風，鸇鷹。
〔二〕鬱，茂盛貌。
〔三〕君子，統治階級的男子稱君子。
〔四〕欽欽，憂思難忘貌。
〔五〕苞，叢生。櫟（lì力），木名。
〔六〕隰（xí席），低濕之地。六駮，木名，梓榆之屬。駮即駁字。
〔七〕棣，梨樹。
〔八〕檖（suì遂），木名。

無衣

這是秦國勞動人民的參軍歌。

一

豈曰無衣，與子同袍〔一〕。王于興師〔二〕，脩我戈矛〔三〕，與子同仇〔四〕。

二

豈曰無衣，與子同澤〔五〕。王于興師，脩我矛戟，與子偕作〔六〕。

三

豈曰無衣，與子同裳〔七〕。王于興師，脩我甲兵〔八〕，與子偕行。

【注】

〔一〕袍，古代所謂袍也是長袍，但士兵的袍只稍短而已。士兵穿一樣的軍服，所以説「同袍」、「同澤」、「同裳」。

〔二〕王，秦國人稱秦君爲王。于，猶曰。

〔三〕脩，同修，整治。

〔四〕同仇，共同對敵人。

〔五〕澤，借爲襗（zé澤），貼身的内衣。

〔六〕偕作，同幹。

〔七〕裳，褲子。

〔八〕兵，兵器的總名。

【附録】

（解題）《左傳·定公四年》：「吴入郢……申包胥如秦乞師……立依於庭牆而哭，日夜不絶聲，勺飲不入口，七日。秦哀公爲之賦《無衣》。九頓首而坐。秦師乃出。」古代作詩叫作賦，誦詩也叫作賦。據詩意明明是參加兵役的勞動人民所歌；而非秦哀公所作。故「賦《無衣》」當是誦此詩。

渭陽

秦穆公的夫人是晉獻公之女，生太子名罃。晉公子重耳被迫逃離晉國，在齊、宋、楚等國寄居多年，最後來到秦國。秦穆公派兵護送他回到晉國，立爲晉君，是爲晉文公。當重耳離秦去晉時，太子罃去送他，並作此詩。

一

我送舅氏〔一〕，曰至渭陽〔二〕。何以贈之？路車乘黄〔三〕。

二

我送舅氏，悠悠我思〔四〕。何以贈之？瓊瑰玉佩〔五〕。

【注】

〔一〕舅氏，重耳是罃的舅舅。

〔二〕曰，發語詞。渭，渭水。陽，水的北面。

〔三〕路車，貴族用的一種車。乘，馬四匹爲一乘。黄，黄馬。

〔四〕悠悠，憂思貌。

〔五〕瓊瑰，美玉。瓊瑰玉佩，以瓊瑰做的玉佩。

權輿

這是没落階級自悲自歎的詩。

一

於我乎夏屋渠渠〔一〕。今也每食無餘〔二〕。于嗟乎不承權輿〔三〕！

二

於我乎每食四簋〔四〕。今也每食不飽。于嗟乎不承權輿！

【注】

〔一〕於我乎，即嗚呼我。夏，大也。渠渠，大的樣子。

〔二〕食，當作宿，傳寫而誤。餘，借爲舍，房屋。
〔三〕于，借爲吁。吁嗟，悲歎聲。承，繼承。權輿，始也，當初。此句指不能繼續當初的盛況了！
〔四〕簋（guǐ鬼），古代食器，圈足，兩耳。也有四耳，方座，帶蓋的。青銅或陶製。

陳

宛丘

陳國巫風盛行。這是一篇諷刺女巫的詩。

一

子之湯兮〔一〕，宛丘之上兮〔二〕，洵有情兮〔三〕，而無望兮〔四〕。

二

坎其擊鼓〔五〕，宛丘之下。無冬無夏，值其鷺羽〔六〕。

三

坎其擊缶〔七〕，宛丘之道。無冬無夏，值其鷺翿〔八〕。

【注】

〔一〕子，指女巫。湯，讀爲蕩，搖擺，形容舞姿。

〔二〕宛丘，丘名，在陳國都城南三里。（陳國都城在今河南淮陽縣。）

〔三〕洵，真也。

〔四〕望，即德望、威望、名望、之望。爲人所敬仰，叫作望。

〔五〕坎，鼓聲。

〔六〕值，借爲持。鷺羽，用白鷺羽製的舞具。

〔七〕缶，瓦盆。古人有時以缶爲樂器。

〔八〕翿（dào 道），一種舞具，用鳥羽編成，形似扇子或似雨傘。

東門之枌

這篇也是諷刺女巫的詩。

一

東門之枌〔一〕，宛丘之栩〔二〕。子仲之子〔三〕，婆娑其下〔四〕。

二

穀旦于差〔五〕，南方之原〔六〕。不績其麻，市也婆娑〔七〕。

三

穀旦于逝〔八〕，越以鬷邁〔九〕。視爾如荍〔一〇〕，貽我握椒〔一一〕。

【注】

〔一〕枌，木名，榆之一種，皮色白，所以又名白榆。

〔二〕栩（xǔ許），柞木。

〔三〕子仲之子，子仲氏的女兒。

〔四〕婆娑，舞貌。

〔五〕穀，善也。穀旦，即吉日。于，猶而。差，讀爲徂，往也。

〔六〕原，高平之地。

〔七〕市，市場。（《潛夫論・浮侈》引市作女，比今本《毛詩》更好。）

〔八〕逝，往也。

〔九〕越，發語詞，猶維。以，拿着。鬷（zōng宗），一種鍋。邁，遠行。帶着鍋走，以備在路上做飯。

〔一〇〕荍（qiáo橋），草名，花淡紫紅色，少葉，又名錦葵。

〔一一〕貽，贈。握，一把。椒，即花椒，味香。巫者用椒供神。此句言女巫以椒贈送人。

衡門

春秋時代，社會上有少數知識分子，甘於貧賤，不求富貴，後人稱之爲隱士。這首詩就是隱士所作，抒寫他的志趣。

一

衡門之下〔一〕，可以棲遲〔二〕。泌之洋洋〔三〕，可以樂飢〔四〕。

二

豈其食魚，必河之魴〔五〕？豈其取妻〔六〕，必齊之姜〔七〕？

三

豈其食魚，必河之鯉〔八〕？豈其取妻，必宋之子〔九〕？

【注】

〔一〕衡，通横。横門，横木爲門，指簡陋的房屋。

〔二〕棲遲，遊息。

〔三〕泌，疑借爲鮅(bì必)，魚名，即赤眼鱒，形似鱔魚。洋洋，多貌。一説：泌，泉水。洋洋，水大貌。又一説：泌，丘名。洋洋，廣大貌。均通而不切詩意。

〔四〕樂，借爲療（《列女傳·賢明》引作療）。此二句言鮅魚很多，可以治療飢餓。所以下文說：「豈其食魚，必河之魴？」「豈其食魚，必河之鯉？」

〔五〕河，黃河。魴，魚名。黃河的魴魚味特美。

〔六〕取，通娶。

〔七〕齊之姜，齊國貴族的女兒。齊君姓姜，因而這個宗族的女兒均稱姜。

〔八〕此句言黃河的鯉魚很有名。

〔九〕宋之子，宋國貴族的女兒。宋君姓子，因而這個宗族的女兒均稱子。

東門之池

這是一首情歌，表達了男子對女方的愛慕之情。

一

東門之池，可以漚麻〔一〕。彼美淑姬〔二〕，可與晤歌〔三〕。

二

東門之池，可以漚紵〔四〕。彼美淑姬，可與晤語。

三

東門之池，可以漚菅〔五〕。彼美淑姬，可與晤言。

【注】

〔一〕漚麻，把麻浸入水中。麻要經過幾天水泡，才能剥下麻皮。

〔二〕淑，當作叔（《釋文》本作叔）。長子或長女稱孟稱伯，次女稱仲，再次稱叔，最幼稱季。一説：淑，善良。姬，姓也。叔姬，姬家三姑娘。

〔三〕晤歌，相對而歌。

〔四〕紵，《釋文》：「紵字又作苧。」麻之一種，今呼青麻。

〔五〕菅（jiān肩），禾本科植物，稈高近三米，開白花。漚之使柔，可以織席編筐。

東門之楊

二人約定黄昏時相會於東門，而對方久久不來，作者唱出這首情歌。

一

東門之楊，其葉牂牂〔一〕。昏以爲期，明星煌煌〔二〕。

二

東門之楊，其葉肺肺〔三〕。昏以爲期，明星晢晢〔四〕。

【注】

〔一〕牂（zāng 髒）牂，茂盛貌。
〔二〕煌煌，明亮的樣子。
〔三〕肺（pèi 配）肺，茂盛貌。
〔四〕晢（zhé 哲）晢，明亮。

墓門

這是陳國人民諷刺一個品行惡劣的統治者的詩。（《毛詩序》：「《墓門》，刺陳佗也。」按陳佗是陳國一個公子，他在陳桓公病中殺死桓公的太子。桓公死後他又自立爲君。事見《左傳・桓公五年》。序説也通。）

一

墓門有棘〔一〕，斧以斯之〔二〕。夫也不良〔三〕，國人知之。知而不已〔四〕，誰昔然矣〔五〕。

二

墓門有梅，有鴞萃止〔六〕。夫也不良，歌以訊之〔七〕。訊予不顧〔八〕，顛倒思予〔九〕。

【注】

〔一〕墓門，陳國都城的一個門名。一説：墓門，墓地的門。貴族墓地有牆有門。棘，棗樹。
〔二〕斯，劈也，砍也。
〔三〕夫，彼也，指作者所諷刺的人。
〔四〕已，當借爲改。此句言國人都知道他做的壞事，而他不改正。
〔五〕誰，讀爲唯。此句言他從前就是這樣。
〔六〕鴞（xiāo 囂），俗名貓頭鷹。萃，棲也。止，以上下文推斷，止當作之，指梅樹。
〔七〕訊，借爲誶（suì 歲）（《釋文》：「訊又作誶。」），責駡。
〔八〕予，似當作子，形似而誤。子，指貴族。訊子不顧，言我指責你，你也不管。
〔九〕顛，跌下。顛倒，即跌倒。予，我也。此句言等到你跌倒在地，就想起我了。

防有鵲巢

此詩作者是個男子，因爲他丢失愛妻，尋找不着，心情十分憂懼。

一

防有鵲巢〔一〕。邛有旨苕〔二〕，誰侜予美〔三〕？心焉忉忉〔四〕！

二

中唐有甓〔五〕。邛有旨鷊〔六〕。誰侜予美？心焉惕惕〔七〕！

【注】

〔一〕防，借爲枋，木名，或説即檀樹，或説即白榆樹。

〔二〕邛（qióng 窮），土丘。旨，味美也。苕（tiáo 條），草名，豆類，可以生吃，又名苕饒。

〔三〕侜（zhōu 舟），掩蔽，隱藏。予美，我的美人，指作者的妻子。

〔四〕忉忉，憂愁貌。

〔五〕唐，借爲塘，池塘。甓，借爲鷿，鷿鷉（pì-tī 辟梯）的簡稱，水鳥名，一種野鴨子。

〔六〕鷊（yì 益），借爲虉，草名，又名綬草，開雜色花。

〔七〕惕惕，憂懼。

【附録】

注〔一〕防，借爲枋，《説文》：「枋，木也，可作車。」《莊子・逍遥遊》：「我決起而飛，搶榆枋。」《釋文》：「枋，李云，檀也。」奚侗説：「榆枋即榆枌。枌，白榆。」（《莊子補注》）

注〔二〕邛，毛傳：「邛，丘也。」按邛是土丘的通名。舊儒認爲邛是丘名，是錯誤的。

注〔三〕誰侜予美？「予美」是説我的美人，即作者指他的妻子。《唐風·葛生》：「予美亡此，誰與？獨處。」「予美亡此，誰與？獨息。」「予美亡此，誰與？獨旦。」那是一首悼亡詩；「予美亡此」是我的美人死在此地。可證此詩的「予美」也是此意。《説文》：「侜，有擁蔽也。」那麽是有人把作者的妻子掩蔽隱藏起來，作者失掉妻子，才憂愁恐懼了。

注〔五〕唐，當是借爲塘。《國語·周語》：「陂唐污卑。」韋注：「唐，隄也。」《呂氏春秋·尊師》：「治唐圃。」高注：「唐，隄，以壅水。」《晏子·問》下：「治唐園。」都是借唐爲塘。

注〔六〕鷊，毛傳：「鷊，綬草也。」《玉篇》引詩鷊作虉。《爾雅·釋草》：「虉，綬。」郭注：「小草有雜色似綬。」甓應該是鳥名，《方言》八：「野鳬，其小而没水中者南楚之外謂之鷿鷉。」《玉篇》：「鷿鷉，水鳥也。」《廣韻》：「鷿鷉，鳥名，似鳬而小，足近尾。」此詩的甓當是借爲鷿，即鷿鷉的簡稱，如鶺鴒簡稱爲鶺、鵜鶘簡稱爲鵜、鴝鵒簡稱爲鵒、鴛鴦簡稱爲鴛之比。

月　出

陳國的統治者，殺害了一位英俊人物。作者目覩這幕慘劇，唱出這首短歌，來哀悼被害者。

一

月出皎兮〔一〕！佼人僚兮〔二〕！舒窈糾兮〔三〕！勞心悄兮〔四〕！

二

月出皓兮〔五〕！佼人懰兮〔六〕！舒懮受兮〔七〕！勞心慅兮〔八〕！

三

月出照兮〔九〕！佼人燎兮〔一〇〕！舒夭紹兮〔一一〕！勞心慘兮！

【注】

〔一〕皎，月光潔白。

〔二〕佼，壯美。僚，借爲繚，束縛纏繞，即所謂「五花大綁」。

〔三〕舒，讀爲杼，木名，即柞樹。窈糾，借爲蚴蟉（yǒu-qiú 幽求），老樹枝幹盤曲貌。

〔四〕悄，憂慯。

〔五〕皓，月光潔白。

〔六〕懰，古本作劉。按劉是《詩經》原字，心旁爲後人所加。劉，殺戮。

〔七〕懮受，當是風吹老樹的聲音，懮如同飀，受如同颼。

〔八〕慅（sāo 騷），憂愁心跳。

〔九〕照，讀爲昭，光明。

〔一〇〕燎，用火燒。統治者燒化「佼人」的屍體。

〔一一〕夭紹，風吹樹木動摇的狀態。

【附録】

注〔二〕僚，第二章的「懰」本作「劉」，是殺意。第三章的「燎」是火燒。那麽，此章的僚當爲繚之借字。《説文》：「繚，纏也。」《廣雅·釋詁》同。古人所謂繚就是現在所謂綑、綁了。

注〔三〕舒，由窈糾、夭紹等字觀察，舒當是樹名。《爾雅·釋木》：「栩，杼。」舒即借爲杼。《楚辭·九章·惜誦》：「發憤以杼情。」《釋文》：「杼，一作舒。」可證舒杼古通用。

注〔六〕懰，《釋文》：「劉，本又作懰。」《爾雅·釋詁》：「劉，殺也。」《方言》一同。《周頌·武》：「勝殷遏劉。」毛傳：「劉，殺也。」

注〔一一〕夭紹，當借作榣柖。《説文》：「榣，樹動也。柖，樹摇貌。」

株林

陳國大夫夏御叔的妻子夏姬美麗而淫蕩，生子名徵舒字子南。御叔死，陳靈公和大夫孔寧、儀行父均與夏姬私通。三人常坐着車子到夏姬家去。後來靈公被徵舒殺死，孔寧、儀行父也逃往楚國。（見《左傳·宣公九年、十年》）這首歌是諷刺靈公、孔寧、儀行父的。作者似乎是給他們趕車的御人。

一

胡爲乎株林〔一〕？從夏南〔二〕。匪適株林〔三〕，從夏南。

二

駕我乘馬〔四〕，說于株野〔五〕。乘我乘駒〔六〕，朝食于株〔七〕。

【注】

〔一〕胡，何也。爲，作爲也。乎，於也。株，邑名，夏氏的封邑。邑外有林，所以說株林。此句問靈公三人在株林幹什麽？

〔二〕從，追隨。夏南，夏徵舒字子南，所以稱夏南。靈公三人到株林來，本是追隨夏姬。詩言從夏南，是隱晦其辭。

〔三〕匪，通彼，那些人，指靈公等三人。適，往也。

〔四〕我，趕車的人自稱。乘馬，四匹馬爲一乘。

〔五〕說（shuì税），停車休息。

〔六〕乘，上乘字，坐也。駒，借爲驕（《釋文》本作驕），高大的馬稱驕。乘駒，坐騎。

〔七〕朝食，吃早飯。

澤陂

一個男子暗暗愛上一個美女，但是不得親近，因作此詩以抒憂思。

一

彼澤之陂〔一〕，有蒲與荷〔二〕。有美一人，傷如之何〔三〕。寤寐無爲〔四〕，涕泗滂沱〔五〕。

二

彼澤之陂，有蒲與蕑〔六〕。有美一人，碩大且卷〔七〕。寤寐無爲，中心悁悁〔八〕。

三

彼澤之陂，有蒲菡萏〔九〕。有美一人，碩大且儼〔一〇〕。寤寐無爲，輾轉伏枕。

【注】

〔一〕澤，湖澤。陂，坡也，指澤邊的坡。

〔二〕蒲，蒲草。荷，荷花。

〔三〕傷，借爲陽（《爾雅·釋詁》郭注引作陽）。《爾雅·釋詁》：「陽，予也。」予，我也。此句言我將怎麽辦呢？無可奈何之意。

〔四〕寤寐，寤是醒着，寐是睡着。無爲，無所作爲，没有心幹事。
〔五〕涕，眼淚。泗，鼻液。
〔六〕蕑（jiān 肩），鄭箋：「蕑當作蓮。」蓮與荷是一物，詩文换字以協韻。
〔七〕碩大，身體高大。卷（quán 權），通婘，美好貌。
〔八〕悁悁，憂悶貌。
〔九〕菡萏（hàn-dàn 憾旦），荷花的别稱。
〔一〇〕儼，端莊。

檜

羔裘

一個貴族婦女因失寵而獨處。她思念丈夫，黯然自傷，因作此詩，獻給丈夫，希望他回心轉意。

一

羔裘逍遥〔一〕，狐裘以朝〔二〕。豈不爾思〔三〕，勞心忉忉〔四〕。

二

羔裘翱翔〔五〕，狐裘在堂〔六〕。豈不爾思，我心憂傷。

三

羔裘如膏〔七〕，日出有曜〔八〕。豈不爾思，中心是悼。

【注】

〔一〕逍遥，指在家自由自在。
〔二〕朝，上朝。此二句寫作者之夫。
〔三〕爾思，想你。
〔四〕忉忉，憂念貌。
〔五〕翱翔，比人的遨遊。
〔六〕堂，朝堂。
〔七〕膏，脂也。此句言羔裘柔滑潔白似油脂一般。
〔八〕曜，同耀，光也。

素冠

周王朝的禮制，父母死，其子服喪三年，穿孝服，吃粗食，悲哀哭泣，甚至扶杖才能行走。

但是統治階級多不遵行。檜國統治階級中有一人獨能守此古禮。他的朋友或親戚乃作這首詩，對他的喪親表示哀悼，對他的守禮表示贊同。可以説這是一首贊美孝子的詩。

一

庶見素冠兮〔一〕，棘人欒欒兮〔二〕，勞心慱慱兮〔三〕。

二

庶見素衣兮，我心傷悲兮，聊與子同歸兮〔四〕。

三

庶見素韠兮〔五〕，我心蘊結兮〔六〕，聊與子如一兮。

【注】

〔一〕庶，幸也。素，白色。素冠、素衣、素韠都是孝服。當時差不多没人服喪三年，今得一見，所以稱幸。

〔二〕棘，瘦也。欒欒，瘦瘠貌。此句寫居喪者很瘦，表明他遵守古禮，悲傷愁苦，粗衣惡食。

〔三〕慱慱，悲苦不安貌。（此章的「勞心」指居喪者，下兩章的「我心」指作者。）

〔四〕聊，樂也。子，指居喪者。同歸，共同歸於古禮。此句作者言願意和居喪者一樣守禮。

〔五〕韠（bì畢），即蔽膝，古代官服上的裝飾，革製，長方形，上仄下寬，縫在肚下膝上，大官紅色，小官青黑色，居喪者白色。

〔六〕蘊結，鬱結，心裏憂鬱似結個疙瘩。

隰有萇楚

這是女子對男子表示愛情的短歌。

一

隰有萇楚〔一〕，猗儺其枝〔二〕。夭之沃沃〔三〕，樂子之無知〔四〕。

二

隰有萇楚，猗儺其華〔五〕。夭之沃沃，樂子之無家。

三

隰有萇楚，猗儺其實〔六〕。夭之沃沃，樂子之無室。

【注】

〔一〕隰（xí席），低濕之地。萇楚，木名，又名羊桃、獼猴桃。

〔二〕猗儺（ē-nuó），同婀娜。

〔三〕夭，草木之初生者。沃沃，肥茂而有光澤。
〔四〕知，配偶的古稱。無知即無妻。
〔五〕華，古花字。
〔六〕實，果實。

【附録】

注〔四〕知，鄭箋：「知，匹也。」《爾雅·釋詁》：「知，匹也。」無知就是没有配偶。《衛風·芄蘭》：「能不我知。」知字也是此意。

匪風

此詩的作者當是檜人，而有親友在西方。他目覩官道上車馬往來奔馳，引起對親友的懷念，因作此詩。從他望周道而傷悼看來，似乎作于西周末年犬戎侵周的時候，有感傷周王朝衰微的意味。

一

匪風發兮〔一〕，匪車偈兮〔二〕。顧瞻周道〔三〕，中心怛兮〔四〕。

二

匪風飄兮，匪車嘌兮〔五〕。顧瞻周道，中心弔兮〔六〕。

三

誰能亨魚〔七〕？溉之釜鬵〔八〕。誰將西歸？懷之好音〔九〕。

【注】

〔一〕匪，通彼。發，猶發發，象疾風聲。

〔二〕偈，疾馳貌。

〔三〕顧瞻，回頭遠望。周道，大道。

〔四〕怛（dá達），悲悼。

〔五〕嘌（piào鏢），借爲⿺走票，走路輕快的樣子。

〔六〕弔，悲傷。

〔七〕亨，烹的本字。

〔八〕溉，洗也。又解：溉，讀爲乞，借予。釜，鍋也。鬵（xín），大鍋。

〔九〕懷，讀爲饋，送給。此二句言誰到西方去，替我帶個好消息給親友們。

曹

蜉蝣

詩的作者咒罵曹國統治貴族死在眼前而依然奢侈享樂，並慨歎自己將來不知何所歸宿。當作于曹國衰亂危險甚至亡在旦夕的時期。

一

蜉蝣之羽〔一〕，衣裳楚楚〔二〕。心之憂矣，於我歸處〔三〕！

二

蜉蝣之翼，采采衣服〔四〕。心之憂矣，於我歸息！

三

蜉蝣掘閲〔五〕，麻衣如雪〔六〕。心之憂矣，於我歸説〔七〕！

【注】

〔一〕蜉蝣，蟲名，體軟弱，觸角短，翅半透明，能飛，腹部末端有等於體長的尾鬚兩條。常在夏天日落後成羣飛舞。成蟲壽命不長，一般均朝生暮死。

〔二〕楚楚，鮮明整潔貌。詩把貴族們比作蜉蝣，把他們的華貴衣服比作蜉蝣的羽翅。
〔三〕於，古烏字。烏，何也。此句言哪裏是我歸宿的地方呢！
〔四〕采采，華美。
〔五〕掘，挖。閱，穴。詩以蜉蝣穿穴比喻貴族們營造宫室。
〔六〕貴族們夏天穿白麻衣，其白如雪。
〔七〕説（shuì 税），止息。

候人

這是一首同情下級小吏，譴責貴族官僚的諷刺詩。

一

彼候人兮〔一〕，何戈與祋〔二〕。彼其之子〔三〕，三百赤芾〔四〕。

二

維鵜在梁〔五〕，不濡其翼〔六〕。彼其之子，不稱其服〔七〕。

三

維鵜在梁，不濡其咮〔八〕。彼其之子，不遂其媾〔九〕。

四

薈兮蔚兮〔一〇〕，南山朝隮〔一一〕。婉兮孌兮〔一二〕，季女斯飢〔一三〕。

【注】

〔一〕候人，看守邊境和道路的小吏。

〔二〕何，通荷，扛在肩。祋（duì 對），即殳（shū 書），一種撞擊用兵器，竹製，長一丈二尺，頭上不用金屬爲刃，八棱而尖。

〔三〕其，語氣詞。彼其之子，他這個人。

〔四〕芾（fú 扶），通韍，古代官服上的蔽膝，革製，長方形，上仄下寬，縫在肚下膝上，大官紅色，小官青黑色。三百赤芾，一個人有赤芾的官服三百件。

〔五〕鵜（tí 啼），即鵜鶘，水鳥，羽多白色，嘴長尺餘，下頷聯有皮囊，食魚。梁，築在水中用以捕魚的壩。

〔六〕濡，沾濕。魚被壩所阻，不能下游，鵜鶘在壩上，伸下長嘴，就撈到魚吃，翅膀都不沾水。詩以此比喻大官處於統治地位，不用費事，就奪得勞動人民創造的財富。

〔七〕不稱其服，不配穿那種官服。

〔八〕咮（zhòu 咒），鳥嘴。魚浮在水面，或跳在壩上，鵜鶘取來吃，嘴都不沾水。

〔九〕遂，終也。媾，婚姻。不遂其媾，指中途拋棄他的妻妾。
〔一〇〕薈、蔚，陰雲黑暗的樣子。
〔一一〕隮（jī雞），借爲霋（qī妻），升雲也。
〔一二〕婉、孌，均是美好的樣子。
〔一三〕季女，少女，指被大官先霸佔後拋棄的貧家少女。從全篇詩意來看，這個少女似即候人的女兒。

鳲鳩

這是歌頌貴族統治者的詩，是統治階級文人的作品。

一

鳲鳩在桑〔一〕，其子七兮〔二〕。淑人君子〔三〕，其儀一兮〔四〕。其儀一兮，心如結兮〔五〕。

二

鳲鳩在桑，其子在梅。淑人君子，其帶伊絲〔六〕。其帶伊絲，其弁伊騏〔七〕。

三

鳲鳩在桑，其子在棘〔八〕。淑人君子，其儀不忒〔九〕。其儀不忒，正是四國〔一〇〕。

四

鳲鳩在桑，其子在榛〔一一〕。淑人君子，正是國人。正是國人，胡不萬年。

【注】

〔一〕鳲（shī尸）鳩，鳥名，即布穀鳥。

〔二〕傳説布穀鳥哺餵小鳥，平均如一，作者以此比喻這個貴族對待兒子的始終如一。

〔三〕淑人，賢人。君子，統治階級的通稱。均指這個貴族。

〔四〕儀，指態度。此句言貴族的態度始終一致。

〔五〕心如結，比喻用心的專一，未曾二三其德。

〔六〕伊，是也。貴族的腰帶是絲的。

〔七〕弁（biàn變），一種帽子，圓頂，布帛或革製。騏，借爲綦，青黑的綢帛。貴族的弁帽是青黑綢子做的。

〔八〕棘，棗樹。

〔九〕忒（tè特），差誤。

〔一〇〕正是四國，四方之國以此爲準則。

〔一一〕榛，榛樹。

下泉

春秋末期，周景王死，王朝貴族一派立王子猛爲王，是爲悼王。過了七個月悼王死，又立王子匄爲王，是爲敬王。另一派擁護王子朝。（猛、匄、朝都是景王的兒子。）兩派争奪王位，打了五年内戰。晉國大夫荀躒領兵打敗王子朝一派，並留下一部分晉兵幫助守衛。王子朝逃往楚國，敬王的地位才得鞏固。曹國人懷念東周王朝，慨歎王朝的戰亂，贊許荀躒的功勞，因作這首詩。

一

洌彼下泉〔一〕，浸彼苞稂〔二〕。愾我寤嘆〔三〕，念彼周京〔四〕。

二

洌彼下泉，浸彼苞蕭〔五〕。愾我寤嘆，念彼京周〔六〕。

三

洌彼下泉，浸彼苞蓍〔七〕。愾我寤歎，念彼京師。

四

芃芃黍苗〔八〕，陰雨膏之〔九〕。四國有王〔一〇〕，郇伯勞之〔一一〕。

【注】

〔一〕冽，寒涼。下泉，低地的泉水。

〔二〕苞，茂盛。稂（láng 郎），草名，叢生，又名狼尾草。

〔三〕愾（xì 戲），歎息。寤，睡不着。

〔四〕周京，東周王朝的京城。

〔五〕蕭，一種蒿子，有香氣。

〔六〕京周，周京的倒文，爲了協韻。

〔七〕蓍（shī 詩），草名，一本多莖，高三四尺。

〔八〕芃（péng 蓬）芃，茂盛貌。

〔九〕膏，潤澤。

〔一〇〕四國，四方諸侯之國。王子朝與敬王相爭的時期，王位未定，等於無王；王子朝失敗，敬王勝利，才算有王。

〔一一〕郇伯，即荀伯，指荀躒（luò 洛）。勞之，指荀躒領兵幫助敬王，打敗王子朝，爲周王立下功勞。

豳

七月

這首詩是西周時代豳地農奴們的集體創作，敘寫他們在一年中的勞動過程與生活情況。

一

七月流火〔一〕，九月授衣〔二〕。一之日觱發〔三〕，二之日栗烈〔四〕。無衣無褐〔五〕，何以卒歲〔六〕？三之日于耜〔七〕，四之日舉趾〔八〕，同我婦子，饁彼南畝〔九〕。田畯至喜〔一〇〕。

二

七月流火，九月授衣。春日載陽〔一一〕，有鳴倉庚〔一二〕。女執懿筐〔一三〕，遵彼微行〔一四〕，爰求柔桑〔一五〕。春日遲遲〔一六〕，采蘩祁祁〔一七〕。女心傷悲，殆及公子同歸〔一八〕！

三

七月流火，八月萑葦〔一九〕。蠶月條桑〔二〇〕，取彼斧斨〔二一〕，以伐遠揚〔二二〕，猗彼女桑〔二三〕。七月鳴鵙〔二四〕，八月載績〔二五〕。載玄載黄〔二六〕，我朱孔陽〔二七〕，爲公子裳。

四

四月秀葽〔二八〕，五月鳴蜩〔二九〕。八月其穫〔三〇〕，十月隕蘀〔三一〕。一之日于貉〔三二〕，取彼狐貍，爲公子裘。二之日其同〔三三〕，載纘武功〔三四〕，言私其豵〔三五〕，獻豜于公〔三六〕。

五

五月斯螽動股〔三七〕，六月莎雞振羽〔三八〕。七月在野，八月在宇〔三九〕，九月在户，十月蟋蟀入我牀下〔四〇〕。穹窒熏鼠〔四一〕，塞向墐户〔四二〕。嗟我婦子，曰爲改歲〔四三〕，入此室處〔四四〕。

六

六月食鬱及薁〔四五〕，七月亨葵及菽〔四六〕。八月剥棗〔四七〕，十月穫稻。爲此春酒〔四八〕，以介眉壽〔四九〕。七月食瓜，八月斷壺〔五〇〕。九月叔苴〔五一〕，采荼薪樗〔五二〕，食我農夫。

七

九月築場圃〔五三〕，十月納禾稼〔五四〕，黍、稷、重、穋〔五五〕，禾、麻、菽、麥〔五六〕。嗟我農夫！我稼既同〔五七〕，上入執宫功〔五八〕。晝爾于茅〔五九〕，宵爾索綯〔六〇〕，亟其乘屋〔六一〕，其始播百穀〔六二〕。

八

二之日鑿冰沖沖〔六三〕，三之日納于凌陰〔六四〕。四之日其蚤〔六五〕，獻羔祭韭〔六六〕。九月肅霜〔六七〕，十月滌場〔六八〕。朋酒斯饗〔六九〕，曰殺羔羊，躋彼公堂〔七〇〕，稱彼兕觥〔七一〕，萬壽無疆！

【注】

〔一〕七月，周代各地存在着幾種曆法，如夏曆、殷曆、周曆等，豳曆也是一種。豳曆七月即夏曆七月，自四月至十月都與夏曆相同。流，向下去。火，星名，又名大火，即心宿。豳曆五月裏黄昏時候，火星正在天空的當中，六月裏便向西斜，七月裏更向下去了。

〔二〕授衣，拿衣服給人穿。農奴的衣服由奴隸主發給。

〔三〕一之日，豳曆一之日即夏曆十一月，周曆正月。豳曆此月爲歲始，與周曆同。觱（bì必）發，《説文》引作「滭沷」，風寒冷。

〔四〕二之日，即夏曆十二月。栗烈，借爲澟洌，寒氣刺骨。

〔五〕褐，粗毛或粗蔴織的短衣。

〔六〕卒，終了。此句言怎麽過完這一年呢？

〔七〕三之日，即夏曆正月。于，取出。耜（sì飼），農具，頭形如犁，有曲柄，用以耕田翻土。

西周時氣候較現在暖，北方正月便開始犂地。

〔八〕四之日，即夏曆二月。趾，鋤也。

〔九〕饁（yè 葉），給耕作者送飯。

〔一〇〕田畯，奴隸主所設的田官，掌管監督農奴的農事工作。

〔一一〕載，則也。陽，温暖。

〔一二〕倉庚，又作鶬鶊，即黄鶯。

〔一三〕懿，深也。

〔一四〕遵，沿着。微行，小道。

〔一五〕爰，乃，於是。

〔一六〕遲遲，猶緩緩。

〔一七〕蘩，蒿名，又名白蒿，用它墊蠶筐或做蠶山，以便蠶在上結繭。祁祁，衆多貌。

〔一八〕殆，壓迫。此句言農奴的女兒被奴隸主强行帶走。

〔一九〕萑（huán 環），當借爲刓（wán 完），割也，指割葦子。

〔二〇〕蠶月，即夏曆三月，養蠶的月份，所以叫蠶月。條，借爲挑（《玉篇》引作挑），選取，挑選。

〔二一〕斨（qiāng 槍），與斧是同類的工具，斧的柄孔橢圓，斨孔方。

〔二二〕遠揚，指長得長而高的桑枝。手摘不到桑葉，所以砍下桑枝。

〔二三〕猗，借爲掎，摘取。女桑，嫩桑。

〔二四〕鵙（jué 决），即鵜鴂，鳥名，又名伯勞、子規、杜鵑。

〔二五〕載，則也。績，織也。

〔二六〕玄，赤黑色。

〔二七〕朱，紅色。孔，甚也。陽，鮮明。

〔二八〕秀，生穗。葽，大概是油菜，油菜秋末生苗，春天抽莖，三月開花，四月生穗。舊説：葽，藥草名，即遠志。

〔二九〕蜩（tiáo 條），蟬也。

〔三〇〕穫，收穫莊稼。

〔三一〕隕，落下。蘀（tuò 拓），借爲檡，木名，落葉最晚。

〔三二〕于，取也。貉，獸名，形似狐，但體較胖，尾較短，毛深厚温暖。

〔三三〕同，會合。農奴們結隊去給農奴主打獵。

〔三四〕纘，繼續。武功，武事。農奴打獵也是爲了繼續練習武事。

〔三五〕言，讀爲焉，乃也。豵（zōng 宗），六個月至一歲的小猪。此指小獸。

〔三六〕豣（jiān 肩），三歲的大猪。此指大獸。二句言小獸歸己，大獸獻給農奴主。

〔三七〕斯螽，即阜螽，蚱蜢。動股，跳也。

〔三八〕莎雞，即紡織娘。振羽，兩翼鼓動而飛。

〔三九〕宇，屋檐。

〔四〇〕以上四句均寫蟋蟀，隨着天氣轉冷，蟋蟀也由在野、在宇、在户而鑽到牀底過冬。

〔四一〕穹，借爲烘。窒，當作室，形近而誤。此句是説用火烘乾屋子，同時煙氣把老鼠熏走。

〔四二〕塞，用磚堵上。向，朝北的窗子。墐，用泥抹上。農奴的房門是用竹或木編的，冬天用泥抹上，以避風寒。

〔四三〕曰，發語詞。改歲，改换一年，即過年。

〔四四〕處，居也。此句言進入這屋子裏居住。

〔四五〕鬱，梨的一種。薁（yù郁），李的一種。

〔四六〕亨，烹的本字。葵，即冬葵，古代重要蔬菜之一。菽，豆。

〔四七〕剥，通扑，擊。

〔四八〕春酒，用棗或稻子釀酒，冬釀春熟，所以叫作春酒。

〔四九〕介，借爲丐，祈求。眉壽，長壽也。

〔五〇〕壺，借爲瓠，葫蘆之類。摘葫蘆要弄斷它的蔓，所以説斷壺。

〔五一〕叔，收拾也。苴（qū區），一種麻，現在稱青蔴。

〔五二〕荼，苦菜。薪，動詞，砍柴。樗（chū 初），木名，似椿，葉臭，又名臭椿。

〔五三〕場圃，農人秋天把菜園子弄平，用來打穀，古代叫作場圃。圃即菜園的古名。

〔五四〕納，收進場圃。禾稼，五穀的通稱。

〔五五〕黍，糜子。稷，即粟，亦稱穀子。黍性黏，稷性不黏。重、穋（lù 陸），都是穀名。重，大概是秫，今稱高粱；穋，大概是旱稻，今稱粳子。

〔五六〕禾，穀之一種。

〔五七〕同，收齊。

〔五八〕上入，指到奴隸主家裏去。宫功，建築宫室，修繕房屋。

〔五九〕爾，助詞。于，取也。茅，茅草。

〔六〇〕宵，夜間。索，用手搓。綯，繩也。

〔六一〕亟，急也。乘，登也。登上房屋，加以修繕。一説：乘即修繕。

〔六二〕其，借爲稘，歲也。稘始即歲始。

〔六三〕冲冲，鑿冰的聲音。冲古讀爲通。

〔六四〕凌陰，冰窖。凌，冰也。陰借爲窨，地窖稱窨。農奴要給奴隸主鑿冰藏冰，以備夏天用。

〔六五〕蚤，借爲早。古代稱月初爲月朝，月早即月朝。

〔六六〕韭，古韮字。古代在四月初用小羊和韮菜祭司寒之神。（見《左傳・昭公四年》）
〔六七〕肅霜，即下霜。
〔六八〕滌場，把場園打掃乾净，一年農事結束。
〔六九〕朋酒，兩壺酒。饗，以酒食款待人。
〔七〇〕躋，登也。
〔七一〕稱，舉起。兕觥（sì-gōng 寺肱），一種飲酒器，形似伏着的兕牛。

【附録】

注〔一〕七月流火，《左傳・昭公七年》：「梓慎曰：『火出於夏爲三月，於商爲四月，於周爲五月。』」可見周代及其以前確有過不同的曆法。豳曆又是一種，由此篇觀察，豳曆是用十個數目記十二個月份，因而在記月上不得不採用兩種形式：一種是「某之日」，如「一之日」、「二之日」等；一種是「某月」如「四月」、「五月」等。這是很特殊的很古拙的一種記月方法。豳曆的歲始是「一之日」，歲終是「十月」，一歲的始終與周曆相當，可能是周曆的前身，但我們不能根據這一點斷定《七月》篇是武王滅殷以前的作品，因爲周曆頒行以後，各地方的别種曆法，還是長期存在着。現列夏殷周豳四曆對照表如下：

月建	夏曆	殷曆	周曆	豳曆
寅	正月	二月	三月	三之日
卯	二月	三月	四月	四之日
辰	三月	四月	五月	蠶月
巳	四月	五月	六月	四月
午	五月	六月	七月	五月
未	六月	七月	八月	六月
申	七月	八月	九月	七月
酉	八月	九月	十月	八月
戌	九月	十月	十一月	九月
亥	十月	十一月	十二月	十月
子	十一月	十二月	正月	一之日
丑	十二月	正月	二月	二之日

注〔八〕趾，于省吾《詩經新證》：「趾乃鎡錤之合音。鎡錤，鋤也。」

注〔一九〕萑，是動詞，當借做刓。《廣雅·釋詁》：「刓，斷也。」萑、刓古通用。《儀禮·公食大夫禮》：「加萑席。」鄭注：「今文萑皆爲莞。」就是例證。

注〔二八〕葽，《大戴禮·夏小正》：「四月秀幽。」葽、幽，可能是現在所謂油菜。葽、幽、油是一音的轉變。

注〔三一〕蘀，當是名詞，一種植物。《鄭風·蘀兮》：「蘀兮蘀兮，風其吹女。蘀兮蘀兮，風其漂女。」《小雅·鶴鳴》：「爰有樹檀，其下維蘀；爰有樹檀，其下維穀。」可證蘀是木名。考《儀禮·士喪禮》：「决用正，王棘若檡棘。」鄭注：「正，善也。王棘與檡棘，善理堅韌者。」檡是棘之一種，木質堅韌。《詩經》中的蘀字皆借做檡。

注〔四一〕穹，借爲焪。《廣雅·釋詁》：「焪，乾也。」焪即烘字。窒，當作室，形似而誤。焪室即燃火把屋子烘乾。《豳風·東山》：「洒掃穹窒。」穹窒二字與此同。

注〔五九〕于，《孟子·滕文公》引此句，趙注：「晝取茅草。」正用取字解于字。本篇「三之日于耜」，「一之日于貉」，于也都是取意。《尚書·康誥》：「殺越人于貨。」僞孔傳：「殺人，顛越人，以取貨利。」也是用取字解于字。

鴟鴞

這是一首寓言詩，描寫大鳥在鴟鴞抓去她的一兩個雛兒之後，爲了防禦外來的侵害，保護自己的小鳥，不辭辛勞，不避艱苦，修築窩巢的事。《尚書·金縢》：「武王既喪，管叔及其羣弟乃流言于國曰：『公（周公）將不利于孺子（指成王）。』周公乃告二公（召公奭、太公望）曰：『我之弗辟（避），無以告我先王。』周公居東二年，則罪人斯得。于後，公乃爲詩以貽王，名之曰《鴟鴞》。」據此，這首詩乃周公所作。詩中的大鳥比自己，「鴟鴞」比殷武庚，「既取我子」的「子」比管叔蔡叔，「鬻子」比成王，「室家」比周國。與詩意也相合。這是最古的説法。

一

鴟鴞鴟鴞〔一〕！既取我子，無毁我室〔二〕！恩斯勤斯〔三〕，鬻子之閔斯〔四〕。

二

迨天之未陰雨〔五〕，徹彼桑土〔六〕，綢繆牖户〔七〕。今女下民，或敢侮予〔八〕？

三

予手拮据〔九〕，予所捋荼〔一〇〕，予所蓄租〔一一〕，予口卒瘏〔一二〕。曰予未有室家。

四

予羽譙譙〔一三〕，予尾翛翛〔一四〕。予室翹翹〔一五〕，風雨所漂摇。予維音嘵嘵〔一六〕。

【注】

〔一〕鴟鴞（chī-xiāo 痴消），貓頭鷹。

〔二〕室，指鳥巢。

〔三〕恩勤，即殷勤，勤勞也。斯，語氣詞。

〔四〕鬻，稚也，鬻子即幼子，孩子。閔，憐恤。

〔五〕迨，及，趁。

〔六〕徹，通撤，取也。桑土，桑枝和泥土，築巢所用。一説：土借爲蔱（dù杜），木皮也。桑蔱即桑樹皮。

〔七〕綢繆，製造。牖，窗。

〔八〕侮，侵害。人們也許打落鳥巢，傷害小鳥。鳥巢堅固就不怕這種侵害了。

〔九〕拮据，手病不能屈伸自如。

〔一〇〕捋，用手自上而下抹取。荼，蘆葦花。

〔一一〕蓄，積也。租，讀爲苴，乾草。鳥兒用蘆葦花和乾草築巢並墊窩。

〔一二〕卒，借爲瘁。瘁瘏（tú屠），勞累致病。此句似當在「予手拮据」句下。

〔一三〕譙，讀爲焦。焦焦，枯黄的樣子。

〔一四〕翛（xiāo消）翛，羽毛凋敝的樣子。

〔一五〕翹翹，高而危險的樣子。

〔一六〕嘵（xiāo囂）嘵，因恐懼而發的叫聲。

東山

這是士兵出征三年後回家而作的詩。寫他們在途中及到家後的景況和心情。

一

我徂東山〔一〕，慆慆不歸〔二〕。我來自東，零雨其濛〔三〕。我東曰歸，我心西悲〔四〕。制彼裳衣，勿士行枚〔五〕。蜎蜎者蠋〔六〕，烝在桑野〔七〕。敦彼獨宿〔八〕，亦在車下〔九〕。

二

我徂東山，慆慆不歸。我來自東，零雨其濛。果臝之實〔一〇〕，亦施于宇〔一一〕。伊威在室〔一二〕，蠨蛸在户〔一三〕。町畽鹿場〔一四〕，熠燿宵行〔一五〕。不可畏也，伊可懷也〔一六〕！

三

我徂東山，慆慆不歸。我來自東，零雨其濛。鸛鳴于垤〔一七〕，婦歎于室〔一八〕。洒掃穹窒〔一九〕，我征聿至〔二〇〕。有敦瓜苦〔二一〕，烝在栗薪〔二二〕。自我不見，于今三年。

四

我徂東山，慆慆不歸。我來自東，零雨其濛。倉庚于飛〔二三〕，熠燿其羽。之子于歸〔二四〕，皇駁其馬〔二五〕。親結其縭〔二六〕，九十其儀〔二七〕。其新孔嘉〔二八〕，其舊如之何〔二九〕？

【注】

〔一〕徂（cú），往也。東山，東方的一個山名，具體地點無可考。

〔二〕慆慆，猶悠悠，時間長久。

〔三〕零雨，又慢又細的小雨。

〔四〕西悲，指想念在西方之家而悲傷。

〔五〕士，事也。勿士即不用。行，讀爲銜，含在口裏。枚，木片。古代行軍，爲了禁止出聲，叫士兵們口裏都含着枚。至于軍隊勝利還鄉，就不用含枚了。

〔六〕蜎（yuān 冤）蜎，蟲子盤曲蠕動貌。蠋（zhú 燭），蟲名，似蠶，有毒，咬人立腫，多生在桑樹上。

〔七〕烝，讀爲曾，副詞，與現在的正相當。

〔八〕敦，借爲團，把身子蜷縮成一團。

〔九〕車下，指獨宿在兵車下。

〔一〇〕果臝（luǒ 裸），一種攀援植物，又名栝樓、瓜蔞。

〔一一〕施（yì 易），蔓延。宇，屋檐。

〔一二〕伊威，生在牆根甕底潮濕處的扁圓多足小蟲，今名地鼈蟲。又解：伊威似即蟰虎，又名守宮。

〔一三〕蠨蛸，長脚蜘蛛。以上四句是作者描寫家裏的荒涼情景。

〔一四〕町畽（tǐng-tuǎn），田地劃成區，區間有界，一塊一塊的連着，古名町畽，今名畦田。此句言田地因農人出征而荒蕪，都變成鹿遊的場所了。

〔一五〕熠（yì意）燿，光亮鮮明貌。宵行（háng杭），螢火蟲的一種。因爲田地生了荒草，所以才有螢火蟲。

〔一六〕伊，是也。懷，悲傷。兩句言家室田園雖如此荒廢，也並不可怕，只是可悲。

〔一七〕鸛（guàn灌），鳥名，形似鶴亦似鷺，大型涉禽，食魚。垤（dié疊），小土堆。

〔一八〕婦，指出征者的妻。

〔一九〕穹室，當作穹窒。穹，借爲烘，用火烤。

〔二〇〕聿（yù玉），猶乃也。

〔二一〕敦，借爲團，形容苦瓜之圓。

〔二二〕烝，也讀爲曾。栗，堆積也。

〔二三〕倉庚，黄鶯。于，在也。

〔二四〕之子，此子，指出征者將娶的妻。于歸，出嫁。

〔二五〕皇，黄色。駁，雜色。

〔二六〕縭，佩巾。女子出嫁，由她的母親把佩巾結在她的帶上。

〔二七〕九、十，言其多。儀，儀式。嫁時有種種禮節。

〔二八〕孔，甚也。嘉，美好。

〔二九〕此句連上句，言新夫妻很美好，老夫妻又怎樣呢？

【附録】

注〔五〕行，《釋文》：「行，鄭音銜。」《御覽》引作銜。

注〔七〕烝，馬瑞辰《毛詩傳箋通釋》：「烝當爲曾之借字。」

注〔一五〕宵行，朱熹《詩集傳》：「宵行，蟲名，如蠶，夜行，喉下有光如螢。」李時珍《本草綱目》：「螢火有一種，長如蠶，尾後有光，無翼，亦名宵行。」

破斧

這首詩是西周初期的作品。武王滅殷殺紂，封紂子武庚於殷國，而令管叔、蔡叔、霍叔監視武庚。武王死，成王立，武庚、管、蔡及徐國、奄國等都背叛了周王朝。周公帶兵東征三年，才把背叛者征服，班師回朝。在回來的時候，士兵們唱出這首詩。

一

既破我斧，又缺我斨〔一〕。周公東征〔二〕，四國是皇〔三〕。哀我人斯〔四〕，亦孔之將〔五〕！

二

既破我斧，又缺我錡〔六〕。周公東征，四國是吪〔七〕。哀我人斯，亦孔之嘉〔八〕！

三

既破我斧，又缺我銶〔九〕。周公東征，四國是遒〔一〇〕。哀我人斯，亦孔之休〔一一〕！

【注】

〔一〕缺，缺口。斨（qiāng槍）與斧是同類工具，斧孔橢圓，斨孔方。

〔二〕周公，武王的弟弟，文王的兒子，姓姬名旦。

〔三〕四國指殷、東、徐、奄。皇，當借爲惶，恐慌。

〔四〕斯，語氣詞。回憶激烈的戰爭，追悼陣亡的伙伴，思念久別的家人，都足以引起哀傷。

〔五〕將，借爲壯。

〔六〕錡，一種兵器，形如鍬，兩面有刃，長柄。

〔七〕吪（é訛），借爲化，變也。四國在武力征討之下，改變了對周王朝的態度，由背叛而順服了。

〔八〕嘉，慶幸。

〔九〕銶，矛屬，三面有鋒，又名酋矛。

〔一〇〕遒，順服。

〔一一〕休，美也。士兵們經歷百戰，九死一生，此身還在，自然覺得「孔將、孔嘉、孔休」了。

【附録】

注〔九〕銶，當讀爲厹（qiú 求）。《秦風・小戎》：「厹矛鋈錞。」毛傳：「厹，三隅矛也。」（矛頭三面有鋒。）銶厹古通用，《周南・關雎》：「君子好逑。」《禮記・緇衣》引逑作仇。《説文》：「訄讀若求。」都是例證。

注〔一〇〕遒，讀爲猷，《廣雅・釋詁》：「猷，順也。」

伐柯

這是男人請媒人吃飯委託他介紹對象的詩。

一

伐柯如何〔一〕？匪斧不克〔二〕。取妻如何〔三〕？匪媒不得。

二

伐柯伐柯，其則不遠〔四〕。我覯之子〔五〕，籩豆有踐〔六〕。

【注】

〔一〕伐，砍也。柯，斧柄。

〔二〕匪，通非。克，能也。

〔三〕取，通娶。

〔四〕則，準則，榜樣。手拿的斧柄就是要砍的斧柄的榜樣，榜樣在眼前，所以説其則不遠。

〔五〕覯，見也。之子，此子，指媒人。

〔六〕籩（biān 邊），古代祭祀和宴會時盛果脯的竹器。豆，食器，用來盛肉和熟菜，木或陶製，也有銅製的。踐，陳列整齊。

九　罭

這首詩當作於西周國人暴動趕跑厲王的時候，或犬戎入侵殺死幽王，鎬京正在大亂的時候。豳邑某公在這樣的時候往鎬京去，路上在一家吃飯留宿。主人認爲鎬京危險，作這首詩勸告他不要去。

一

九罭之魚鱒魴〔一〕。我覯之子〔二〕，袞衣繡裳〔三〕。

二

鴻飛遵渚〔四〕。公歸無所〔五〕，於女信處〔六〕？

三

鴻飛遵陸〔七〕。公歸不復〔八〕，於女信宿？

四

是以有袞衣兮〔九〕！無以我公歸兮〔一〇〕！無使我心悲兮！

【注】

〔一〕九，疑借爲糾，三股繩。罭（yù域），魚網。糾罭，用三股繩做的魚網。鱒、魴，都是鯉科魚類。

〔二〕覯，見。之子，此子，指某公。

〔三〕袞（gǔn滚）衣，衣上繡着龍爲袞衣，王和公侯所穿。繡裳，繡有花紋的裙子。

〔四〕鴻，雁也。遵，遵循。渚，水中沙灘。

〔五〕無所，無處可住。因爲鎬京正在大亂。

〔六〕於，古烏字，何也。女，通汝，指某公。信，兩宿爲信。此句言有什麼地方可供你住兩宿呢？意爲無處可住。

〔七〕陸，高平之地。
〔八〕復，返也。此句言公回鎬京就不能回來。是説有去無返。
〔九〕以，通已，已經。此句言公是已經有袞衣穿着的大官了，到鎬京去做什麽？
〔一〇〕以，與也。此句言不要與我公回鎬京。是勸告某公僕從的話。

狼跋

這首詩當是西周末期的作品。周幽王是個暴君，又信任一個名叫虢石甫的奸臣，所以對勞動人民的剥削與壓迫更殘酷了。幽王當時可能封虢石甫於豳地，豳地勞動人民唱出這首歌來諷刺他。

一

狼跋其胡〔一〕，載疐其尾〔二〕。公孫碩膚〔三〕，赤舄几几〔四〕！

二

狼疐其尾，載跋其胡。公孫碩膚，德音不瑕〔五〕！

【注】

〔一〕跋，脚踩。胡，獸頷下下垂的肉。獸的胡上總是生着較長的毛，所以字變爲鬍，胡本含有鬍意。老狼的胡肉長，胡毛也長，行走時，兩脚就踩着了。

〔二〕載，通再。疐（zhì 至），踐踩。老狼前進踩着胡，後面又踩着長尾。詩以狼比虢石甫。

〔三〕碩膚，當讀爲石甫，公孫碩膚即虢石甫。虢石甫是虢君的孫子，虢君是公爵，所以稱公孫石甫。馬瑞辰説，碩膚是大胖子（《毛詩傳箋通釋》）。聞一多説，碩膚是大肚子（《匡齋尺牘》）。均可。

〔四〕舄（xì 戲），鞋。几几，彎曲貌。古人的鞋頭尖而向上翹。周代作大官的人才穿紅鞋。這句表現虢石甫是個大官。

〔五〕德音，指言詞。瑕，借爲嘉，美也，善也。

【附録】

注〔三〕公孫石膚，即虢石甫。《國語·晉語》：「周幽王伐有褒。褒人以褒姒女焉。褒姒有寵，生伯服，於是乎與虢石甫比，逐太子宜臼，而立伯服。太子出奔申，申人、鄫人召西戎以伐周。周於是乎亡。」《鄭語》：「夫虢石父讒諂巧從之人也，而立以爲卿士。」據此，虢石甫是周幽王的大臣。碩與石古通用，不須舉證。膚與甫、父古也通用。《周易·剥卦》：「剥牀以膚。」《釋文》：「膚京作簠。」就是例證。虢君是公爵，虢石甫當是虢國的公孫，所以也稱公孫石甫。石甫是他的字或名。

注〔五〕瑕，當讀爲假。《爾雅·釋詁》：「假，嘉也。」《説文》：「嘉，善也。」《邶風·日月》：「德音無良。」「不瑕」與「無良」同意。